la clairière

Adrien BURGY

Castor Poche
Collection animée par
François Faucher et Martine Lang

Titre original :

THE CLEARING

Pour Sanyama
et les lions de Hari

Une production de l'Atelier du Père Castor

© 1986 by Alan Arkin
Published by arrangement with
Harper & Row Publishers,
Inc. New York - U.S.A.

© 1990 Castor Poche Flammarion
pour la traduction française et l'illustration.

ALAN ARKIN

la clairière

traduit de l'américain par
DOMINIQUE PIAT-COUVERT

illustrations de
GERARD FRANQUIN

Castor Poche Flammarion

Alan Arkin, l'auteur, né en 1934, est un acteur très célèbre aux États-Unis. Il est également metteur en scène de cinéma (*Petits meurtres sans importance*, 1971).

Il fut, en tant qu'acteur, la vedette d'un grand nombre de films, de pièces de théâtre et d'émissions télévisées.

Auteur à succès de plusieurs livres pour enfants, il a publié notamment *Moi, un lemming*.

Il vit avec sa femme Barbara Dana, elle aussi comédienne et écrivain, et leurs trois enfants dans la banlieue nord de New York.

Du même auteur, traduit en français :
Moi, un lemming, Castor Poche, n° 117.

Dominique Piat-Couvert, la traductrice, élevée dans les coulisses d'un grand théâtre, a travaillé longtemps comme scripte au cinéma. Elle vit aujourd'hui à Chamonix.

« *La Clairière* n'est pas une simple histoire d'animaux, mais bien un conte philosophique dans la tradition voltairienne. J'ai aimé dans cette fable le ton imagé et direct d'Alan Arkin qui m'avait séduite à la lecture de *Moi, un lemming*. Mais il y a en plus dans *La Clairière* un humour raffiné, présent à chaque phrase, qui offre au lecteur d'avancer sans un moment d'ennui dans une histoire, nous entraînant dans les méandres parfois sombres, et cependant fragiles et tendres, de l'âme humaine.

« Traduire ce livre fut un bonheur de chaque jour et je souhaite que le lecteur éprouve la même joie à le lire. »

Christian Broutin, l'illustrateur de la couverture, est né le 5 mars 1933, par un curieux hasard, dans la cathédrale de Chartres... Elevé par un grand-père bibliophile averti, il découvre très tôt le dessin en copiant Grandville et Gustave Doré. Après des études classiques, il est élève à l'école des métiers d'art et sort le premier de sa promotion. Il est l'auteur d'une centaine d'affiches de films ainsi que de nombreuses couvertures de livres et de magazines.

Gérard Franquin a réalisé les illustrations de l'intérieur. Depuis sa naissance, en 1951, il a pratiquement toujours à la main soit un crayon, soit un pinceau... Il a mis en images de nombreux textes de l'Atelier du Père Castor où il travaille également en tant que maquettiste.

La Clairière :
Bubber le lemming et ses amis, les animaux de la forêt, se posent des questions bien compliquées pour eux.

Lorsque Couguar, obéissant aux mystérieux ordres de l'ours, part chercher « les mangues » et s'en revient avec Bubber le lemming, il déclenche ainsi une suite d'événements qui conduisent les animaux à une remise en cause de tout ce qui, jusqu'ici, avait paru si simple.

Cette histoire provoque le lecteur, elle le pousse à élargir ses sensations, à découvrir *qui* il est *vraiment*, à comprendre comment fonctionne *réellement* la société.

Le petit monde de la clairière et de ses habitants est à l'image de notre propre vie. L'étrange personnage de l'ours, protecteur et guide, nous entraîne d'énigme en énigme et nous permet de découvrir les indices qui mènent aux réponses.

La Clairière reprend le fil de l'intrigue là où s'achevait *Moi, un lemming*. L'auteur tisse ici une histoire profonde, pleine de sagesse et toujours distrayante.

L'ours avait convoqué Couguar. La nouvelle l'avait comblé de bonheur ; pour un peu, il en aurait pleuré de joie. Depuis des semaines et des semaines, Couguar était banni de la clairière et il avait craint cette fois que ce ne fut définitif. Aujourd'hui, si l'ours le faisait appeler, cela ne pouvait signifier qu'une seule chose : il était rentré en grâce. Peut-être l'ours avait-il besoin de lui ? Il l'espérait de toutes ses forces. Pourvu qu'il s'agisse d'une chose importante, capitale ; il aurait enfin l'occasion de prouver à l'ours, une bonne fois pour toutes qu'il avait changé, qu'il était maintenant quelqu'un de responsable et à qui on pouvait se fier.

Il partit immédiatement pour la clairière. A son arrivée il découvrit l'ours assis, absolument immobile, le regard perdu dans le vague. Ce n'était pas la première fois que Couguar le voyait dans cette attitude, cependant chaque fois, il en éprouvait un malaise. Il fit les cent pas, un long moment, s'efforçant de rester calme ; il toussota, bâilla bruyamment, toussota derechef ; rien n'y fit. L'ours ne sortit pas de sa torpeur. Alors, il s'assit et entonna un discret rugissement, histoire de tuer le temps. A peine avait-il commencé que l'ours parla.

— Trouve-moi les mangues, dit-il d'une curieuse voix monocorde. Elles se dirigent vers chez nous.

— Les mangues ne voyagent pas, répondit Couguar poliment, mais fermement. Ce sont des fruits, ils n'ont aucun moyen de se déplacer.

L'ours soupira de cet air excédé, qui avait le don d'exaspérer Couguar, il leva les yeux au ciel et repartit vers sa tanière de sa démarche lourde et mal assurée.

— A quoi les reconnaîtrai-je ? cria Couguar.

La question était idiote, il le comprit aussitôt. Comment ne pas reconnaître des mangues à pattes !

— D'où arriveront-elles ? demanda encore Couguar.

— De l'ouest, lança l'ours par-dessus son épaule, sans lui adresser un regard.

— De l'ouest ? répéta Couguar qui n'en croyait pas ses oreilles. De l'ouest ? C'est

plutôt vaste. C'est le quart de la planète !
Tu ne pourrais pas être un peu plus précis ?

Mais l'ours était déjà rentré dans sa
grotte. L'entretien était terminé. Couguar
attendit un peu, espérant qu'Ours reviendrait avec d'autres précisions. Peu après,
des profondeurs de la grotte, s'éleva un
grognement sourd ; il signifiait qu'Ours
serait occupé pendant des heures, voire des
jours.

Couguar fixa l'entrée de la grotte quelques instants encore, puis brusquement il
tourna les talons.

« Bon ! se dit-il. Trouve-moi les mangues
dans l'Ouest ! Va me chercher les mangues
à pattes dans l'Ouest !... »

Les recherches allaient être difficiles,
impossibles même, d'une part en raison de
ce qu'il devait trouver et de l'immensité du
territoire à quadriller, et d'autre part parce
qu'il serait seul sans personne pour l'aider.
Il était d'un caractère si versatile que la
plupart des habitants de la forêt l'évitait.
D'habitude, il en retirait un sentiment de
supériorité, mais cette fois-ci, il avait conscience du désavantage que cela représentait.
Il croiserait bien un skons ou un blaireau,
l'un lui lancerait un petit bonjour, l'autre
le saluerait d'un signe de tête ; mais comme

par nature, ils ne savaient jamais rien sur rien, ils ne lui seraient d'aucune aide.

« Bon ! » se répéta-t-il. Il avait souhaité relever un défi. C'en était un.

Couguar quitta la clairière d'un air déterminé.

Deux jours durant, il fit un effort colossal pour trouver ce que l'ours l'avait envoyé chercher. Dans l'après-midi du deuxième jour, son bel enthousiasme déclina. La colère le prit, il la sentit monter en lui et il eut beau pousser de longs grognements, elle ne retomba pas. Il commença même à se complaire dans cette colère, à caresser l'idée de rugir tout son saoul et de lacérer de ses griffes tous les troncs d'arbres des environs, avec un certain plaisir.

Il n'y avait pas la moindre mangue dans cette partie du monde. Couguar en était convaincu. Les mangues poussent dans les climats chauds, et le seul voyage à leur portée, c'est la chute... Du haut de leur branche d'arbre ! Alors pourquoi diable était-il parti à leur recherche ? Cela le dépassait totalement. Au surplus, que l'ours lui ait demandé de faire une chose pareille, prouvait que Ours était devenu complètement fou. Par le passé, Couguar s'était maintes fois posé la question, et cette mission démente confirmait ses soupçons. L'ours avait perdu la tête et l'avait ridiculisé. La coupe était pleine. Il avait confondu folie et sagesse, à cause de sa nature puérile et sensible. Mais cela ne se reproduirait plus. Ours n'aurait qu'à se chercher un autre larbin !

Couguar en était à ce point de ses réflexions, quand il se retrouva sur les hauts plateaux, aussi, histoire de se calmer, se dirigea-t-il au sommet d'un promontoire rocheux où il passa un long moment à contempler d'un œil méfiant les vastes territoires de l'Ouest. Ce spectacle ne lui apporta aucun réconfort. Qu'arriverait-il s'il décidait de rentrer et qu'il rencontre en chemin Ours, ou un autre animal de la clairière ? se demanda-t-il. Qui sait ? On lui avait peut-être confié cette mission pour se moquer de lui ? Ou même pour se débarrasser de lui ? Si c'était le cas, il faudrait qu'il leur frotte un peu les oreilles, qu'il leur fasse comprendre qu'il y a dans ce bas monde des choses sérieuses et que les gens n'ont pas de temps à perdre.

Quittant aussitôt le rocher, Couguar fit demi-tour pour prendre le chemin du retour, la tête haute et la démarche assurée. Il eut vite fait de retrouver son air bravache et sa crânerie, prêt à affronter le hasard d'une rencontre avec Ours, ou l'un de ses sbires. Pour se donner du courage il réfléchit aux petites phrases qu'il lancerait à l'ours, avant que la bagarre commence. Il s'imaginait débarquant dans la clairière : l'ours serait occupé à de menus travaux.

« Un mot ! » lui dirait-il. « A moi, Ours, un mot ! Ecoute-moi bien, je te prie ! Tu vas voir de quel bois se chauffent les couguars ! ». Et il ajouterait : « Les couguars n'aiment pas plaisanter. Ils n'aiment pas non plus qu'on se paie leur tête. Ils n'ont pas beaucoup d'humour. On ne doit plaisanter ni avec la vie, ni avec le temps. Ce sont des choses trop graves. »

Couguar se montait le bourrichon à toute allure quand, du haut des cieux, un imposant corbeau le dépassa à la vitesse d'un avion-suicide. Il piqua au-dessus de sa tête et alla se poser sur une branche, exactement à la hauteur des yeux de Couguar lui barrant ainsi le passage. Jamais personne ne l'avait provoqué — aucun oiseau, aucun autre animal — et l'audace inouïe du corbeau le stoppa net. Il en resta figé sur place, une patte en l'air.

— Où vas-tu comme ça ? demanda posément le corbeau.

— Qu'est-ce que ça peut te faire ! répliqua Couguar.

Le corbeau pointa vers Couguar une aile menaçante.

— Ne fais pas l'idiot, insista-t-il. Réponds à ma question.

— Je rentre chez moi, fit Couguar l'air décontracté, décidé à ne pas contrarier l'oiseau pour l'instant.

— Ce serait une erreur, dit le corbeau.

— Et pourquoi ça ?

— Tu es en mission. On t'a donné un ordre précis, si je ne m'abuse ?

—*Demandé* serait plus juste, dit Couguar légèrement irrité. On *m'a demandé* de trouver quelque chose, on ne m'a pas donné d'ordre.

— Et tu as répondu quoi ?

— A quoi ? fit Couguar, l'air nonchalant.

— Trêve de plaisanteries ! dit le corbeau.

— J'ai répondu que je trouverais, admit Couguar du bout des lèvres.

— Et tu as trouvé ?

— Pas encore...

— Et quand as-tu prévu de t'y mettre ?

— Un peu plus tard...

— Ce n'est pas une bonne idée, répondit le corbeau en hochant la tête.

— Qui es-tu ? demanda Couguar. De quoi te mêles-tu ?

— A ta place, je retournerais vers les rochers, poursuivit le corbeau sans lui répondre, et je réfléchirais un peu mieux.

Couguar eut une seconde la tentation de se débarrasser du corbeau d'un coup de patte (elle était toujours en l'air !), mais un je-ne-sais-quoi dans le regard de l'oiseau le lui déconseilla.

— Ecoute, c'est idiot, dit-il, serrant les poings. On m'a envoyé chercher des mangues. Des mangues, en plein hiver... ! C'est pas idiot, ça ! Selon toi ? J'ai passé deux jours entiers à chercher une chose qui n'existe pas. Maintenant j'en ai marre, j'arrête. C'est ridicule, à la fin. J'ai horreur de la plaisanterie, et je ne supporte pas qu'on se paie ma tête. Ours n'a qu'à aller les chercher lui-même, les mangues, s'il en a tellement envie !

— *Lemming*... dit le corbeau.

— Exact, dit Couguar.

— Il t'a envoyé chercher le lemming.

— Exact, répéta Couguar un ton au-dessus.

— *Lemming**... reprit patiemment le corbeau. Le lemming, le mammifère. Pas les mangues, les fruits.

— Ah... fit Couguar.

* Le lemming est un petit mammifère rongeur habitant les régions boréales.

— Tu saisis la différence...

— Ours a dit les mangues ! répéta faiblement Couguar.

— Ça m'étonnerait, insista le corbeau. Ours dit rarement un mot pour un autre. Et toi pendant ce temps-là, tu cherchais des fruits imaginaires ! Tu t'apprêtais même à abandonner tes recherches, alors que le véritable objet de ta mission, le mammifère, court peut-être de grands dangers. A cause de ton arrogance, ou de ta paresse, cette mission a failli ne pas aboutir, et les conséquences, non seulement pour le lemming, mais pour d'autres créatures aussi, auraient pu être très graves. Je n'ai pas raison ?

— J'ai entendu les mangues ! se défendit Couguar.

— Tu as mal entendu, répéta le corbeau. L'un est brun et couvert de poils, l'autre a la chair lisse et jaune. Maintenant je vais te donner un bon conseil pour pas cher : si j'étais toi, voici ce que je ferais sans perdre une minute. Je retournerais immédiatement vers les rochers où tu te prélassais il y a peu — tu avais été *guidé* vers ces rochers, *envoyé* vers eux —, là, je ramasserais doucement le *lemming* que tu as promis de retrouver et avec d'infinies précautions je le ramènerais à l'ours, dans la clairière. C'est compris ?

— Oui, dit Couguar, l'air penaud.

— Tu crois que tu en es capable ?

— Je crois, oui, répondit Couguar.

— Alors, fais-le et vite ! Et je te promets de ne parler ni de ta stupidité, ni de ton arrogance. Mais, attention, plus de bêtises ! Je ne pardonne pas aussi facilement que l'ours, moi.

Couguar hocha la tête et se mit en route.

— Félin ! cria encore le corbeau. Tu seras surveillé, je te préviens !

Couguar s'éloigna rapidement d'une étrange démarche en crabe ; il avait hâte d'être le plus loin possible de l'oiseau.

Le corbeau observa le félin sans sourciller jusqu'à ce qu'il ait disparu. A deux reprises, Couguar jeta un œil par-dessus son épaule pour vérifier si l'oiseau était toujours là ; chaque fois il l'aperçut, immobile, qui le fixait sans crainte. Il n'était pas prêt d'oublier cette image. C'était déjà dur de devoir admettre qu'il avait besoin de l'ours, dur aussi de s'humilier en offrant ses services à un autre animal, mais qu'en plus — partant du principe qu'il s'acquitterait mal de sa mission, ou qu'elle raterait — l'ours ait envoyé ses espions pour le surveiller, alors là, c'était vraiment exagéré ! Pourtant, le plus humiliant, le plus insupportable à accepter, était qu'un... il osait à peine prononcer le mot... qu'un oiseau lui ait donné un ordre ! Pouah ! Couguar en frissonna du dégoût de lui-même. Sans doute était-ce là un fait unique dans l'histoire des fauves. Il se prit à imaginer toutes les légendes qu'on colporterait sur son compte dans les siècles futurs. Il atteindrait enfin une renommée internationale, mais pour de biens mauvaises raisons ! En ce moment précis, le corbeau était peut-être déjà en train de conter l'aventure à l'un de ses copains. Et les deux compères de glousser, de rigoler à ses dépens. Le corbeau parlerait. L'affaire se saurait. Toute la forêt serait au courant en un rien de temps.

Au fait, il n'y avait pas de témoin... Il pourrait toujours dire que le corbeau mentait. Au moins une chose était sûre, le corbeau paierait. Tôt ou tard, le corbeau lui paierait cet affront. Et l'ours aussi. La question ne se posait pas. Quand ? Comment ? Il en déciderait plus tard.

Se sentant ainsi humilié, persécuté, il refit le trajet en sens inverse, jusqu'aux rochers. Il espérait de toutes ses forces ne rien trouver ; ne serait-ce que pour prouver au corbeau qu'il avait tort. A peine arrivé, cependant, il découvrit ce qu'on l'avait envoyé chercher. A demi-enfoui sous une poignée de feuilles mortes, il trouva effectivement un lemming, ou plus exactement ce qui en restait. La créature était évanouie et si maigre, qu'au premier abord, Couguar la crut morte. En l'examinant mieux, il s'aperçut que le pouls battait faiblement dans le petit corps décharné. Couguar l'attrapa par le col et prit le chemin du retour ; très fier d'avoir réussi sa mission, grâce à son courage et à sa persévérance.

Couguar marchait vite. Il s'efforça de maintenir ce rythme sans faiblir. L'effort physique l'empêcha un certain temps de réfléchir à l'étrangeté de sa mission. Seulement voilà, il était dans sa nature de se poser des questions. Couguar adorait se saisir d'un problème, le disséquer, s'acharner sur lui, l'examiner de long en large, pinailler sur le moindre détail, si bien que pour finir il embrouillait tout et il ne lui restait plus qu'une seule solution, fuir, laisser tomber et surtout ne plus jamais remettre le nez dans le problème en question...

Aussi luttait-il ardemment contre ce penchant malheureux. Il se connaissait assez pour savoir qu'il ne résolvait jamais rien ; cependant, à chaque événement, il se trouvait toujours un moment où sa curiosité se réveillait. La combattre lui causait à l'estomac une douleur si intolérable que, chaque fois, il finissait par rendre les armes et se poser des questions.

La fameuse douleur commençait justement à le tirailler.

Qu'est-ce que l'ours pouvait bien vouloir à ce malheureux rongeur ? Ce pauvre hère à moitié mort, infesté de maladies et couvert d'insectes ? La réponse était sans doute d'une simplicité enfantine. Mais pourquoi l'ours faisait-il toujours tant de mystères à propos de tout ? Pourquoi fallait-il qu'il prenne ce regard inspiré, qu'il s'exprime à voix basse, en laissant des temps démesurés entre les mots ? Il aurait pu lui dire simplement : « Couguar, veux-tu me rendre un service ? Un de mes amis est malade, à deux jours de marche d'ici, sur un rocher. Ça t'ennuierait d'aller le chercher ? J'en serais vraiment touché. » Couguar aurait répondu « non », et l'affaire en serait restée là !

Au lieu de quoi, il se trouvait pris dans une histoire abracadabrante, pour laquelle il perdait son temps et son énergie. Bah ! Mieux valait ne plus y penser !

N'empêche qu'il n'arrêtait pas d'y penser... A maintes reprises au cours du voyage de retour, il essaya de tirer le lemming de son délire afin d'obtenir quelques informa-

20

tions. Il se mit à chanter, doucement au début, puis d'une voix de plus en plus sonore. Sans grand résultat. Il ne réussit à obtenir du lemming qu'une série de hurlements stridents et sans suite, témoignages d'une frayeur atroce, surgie de son passé. Dès que Couguar cherchait à en saisir le sens, le lemming retombait dans son coma fiévreux. Une fois ou deux aussi, Couguar laissa tomber le lemming par terre « sans le faire exprès ». Enfin presque. Il espérait ainsi le maintenir éveillé assez longtemps pour l'interroger.

A la première chute, le lemming cria :
— Au secours ! Au secours ! Je me noie !
— Tu te noies ? demanda Couguar intéressé. Tu te noies dans quoi ?

Le lemming marmonna quelques mots incompréhensibles, alors Couguar le ramassa et le relaissa tomber.
— Je ne sais pas nager ! hurla le lemming. Je ne sais pas nager !
— Que veux-tu dire ? demanda Couguar. Pourquoi dois-tu savoir nager ?

Mais déjà le lemming avait reperdu connaissance. Couguar eut beau le taper, le secouer dans tous les sens, rien ne le ramena à lui. Ecœuré, Couguar finit par abandonner. Il poursuivit son chemin en silence. Il souhaitait de toutes ses forces que le lemming se réveille, prêt à poser, à son tour, un tas de questions auxquelles lui, Couguar, feindrait de ne pas répondre.

L'après-midi du deuxième jour, la fièvre tomba et, lorsque le lemming émergea de son sommeil comateux peuplé de cauchemars, ce fut pour découvrir qu'il était lamentablement suspendu entre les mâchoires d'un énorme animal. Il crut qu'il rêvait encore, mais la douleur persistante au bas du cou, là où on le tenait serré, lui fit comprendre rapidement qu'il était éveillé. Le cou tordu vers le sol suivant un angle plutôt inconfortable, il put néanmoins reconnaître son ravisseur, à ses pattes et à sa démarche ; il sut tout de suite qu'il s'agissait d'un de ces grands fauves. Cette découverte ne le rendit guère optimiste sur ses chances de survie. Les mâchoires le tenaient avec fermeté, mais précaution. Le fauve savait donc qu'il était vivant et fiévreux, alors, pourquoi voulait-il d'une bête malade comme proie ? Une proie n'offrant ni résistance, ni valeur nutritive ? Le lemming échafauda toutes sortes de suppositions sur les projets du fauve. Il s'interdit vite de continuer : s'inquiéter de l'avenir ne pouvait que l'énerver, or, il lui fallait à tout prix garder son calme. Le fauve ne devait pas se douter qu'il était éveillé, aussi s'appliqua-t-il à respirer très lentement et à demeurer totalement immobile pour une période qui risquait d'être longue. Avec un peu de chance, tôt ou tard, le fauve relâcherait son étreinte, le déposerait sur le sol, le temps de se reposer ou de boire un peu. Il devait donc rester en éveil, prêt à rassembler ses dernières forces, le moment venu, pour s'enfuir vers le salut.

« Et après ? » se demanda-t-il. La question le déprima sur le champ. « Où iras-tu après ? Quel sera ton avenir ? Avec qui le partageras-tu ? » Il passa en revue sa courte existence et admit qu'il avait toujours été seul, crevant de peur. Il avait passé sa vie à fuir d'un danger à l'autre. A peine avait-il le temps entre chaque épreuve de reprendre son souffle, de réfléchir à ce qui lui arrivait, qu'il lui fallait déjà reprendre la fuite.

« Assez ! » se dit-il durement. Il aurait bien le temps de se laisser aller à la déprime, une fois sorti de ce pétrin. Si il en sortait. Rassemblant sa volonté, il recommença à se concentrer sur sa respiration. Et malgré la situation précaire, ainsi balloté d'avant en arrière entre les mâchoires du fauve, bercé par le bruit feutré de ses pas, réchauffé par son haleine tiède, le lemming se rendormit.

Lorsqu'il se réveilla, il était par terre. Sans bouger un seul muscle, sans ouvrir un œil, il aiguisa ses sens, essayant de comprendre où il se trouvait. Un bruit d'eau se précisa ; il devina que le félin l'avait posé pour boire. Il tendit mieux l'oreille et discerna un bruit de langue lapant, non loin de là. Avec prudence, il souleva la paupière et vit, comme il l'avait espéré, le félin, de dos, se désaltérant dans le courant d'un ruisseau.

« C'est le moment » décida-t-il, estimant que s'il voulait fuir, ce serait sans doute sa seule chance. Les yeux mi-clos, il examina le terrain alentour pour choisir la meilleure direction, il ramena doucement ses pattes arrière sous lui, se préparant à bondir. Il aperçut non loin un grand arbre mort couché sur le sol, avec un peu de chance il trouverait dessous un terrier, ou mieux des galeries qui lui permettraient de semer le félin. Il déglutit, respira profondément et se projeta en avant avec l'énergie du désespoir. Au même instant, un hurlement à vous glacer le sang lui résonna dans les oreilles. A mi-course, il sut que c'était raté. Une lourde patte s'abattit sur lui, toutes griffes sorties, comme autant de barreaux de prison et le lemming se retrouva aplati sur le sol.

— Ne fais pas ça ! menaça le fauve d'une

voix douloureuse et contenue. Ne pars pas.
N'y pense même pas. Je ne saurais te dire
quelle serait ma colère si je devais repartir
à ta recherche.

Le fauve avait les yeux exorbités, sa
voix tremblait et son cœur battait à tout
rompre.

Le lemming avait entendu des foules
d'histoires sur les grands fauves. Il savait
depuis toujours à quoi s'en tenir, aussi
l'attitude de fureur contenue dont il était
témoin, le terrifiait et l'envoûtait à la fois.

— Je suis sur la corde raide, poursuivit
Couguar. Ne me pousse pas à bout. Je ne
te veux aucun mal. Je veux te ramener à
bon port, puis reprendre le cours de ma
vie. J'ai fait à l'ours une promesse que j'ai
l'intention de tenir, seulement personne n'a
jamais dit si je devais te ramener mort ou
vif... Tu me suis ? Ce n'est pas précisé dans
le contrat. Par conséquent, n'essaie pas de
t'enfuir, *n'y pense même pas*, sinon je ne
rapporterai à l'ours qu'une carcasse de
lemming. Et je m'en lave les mains. Est-ce
clair ?

Le lemming agita la tête comme un
forcené.

— Je ne T'AI PAS ENTENDU ! hurla le fauve
perdant tout contrôle de soi. Les muscles
de son corps tressaillaient. Ses poils se

hérissaient des pattes jusqu'à la tête.

— C'est clair ! C'est clair ! s'écria le lemming.

— Je suis ravi que nous nous comprenions, dit Couguar.

Il ramassa le lemming entre ses crocs et, respirant profondément, il se remit en route. Durant les minutes qui suivirent, il essaya vaillamment de se calmer, tandis que de son côté, le lemming s'efforçait de saisir le sens de la tempête qu'il venait de subir. Il n'avait pas eu le temps d'avoir peur. Ce qu'il venait de voir, d'entendre, avait été si terrifiant qu'il en ressentait une admiration pour les lois de la nature, plus profonde encore qu'en aucune autre circonstance. L'angoisse du fauve semblait si violente qu'il en oublia momentanément ses propres inquiétudes, et se demanda ce qui pouvait bien ronger la pauvre créature. Sans savoir ni pourquoi, ni comment, il se sentait responsable de cette angoisse . En tout cas, une chose était claire, il n'était pas un simple repas. Il y avait autre chose en jeu, une chose qui devait le conduire auprès d'un ours, avait dit le fauve. De quoi s'agissait-il ?

— Pardonne-moi de t'avoir causé du souci, fit avec prudence le lemming, dévoré par la curiosité.

— Oublions ça, grommela le fauve.

— Je suis sorti de mes cauchemars pour découvrir que je me balançais entre tes mâchoires, continua le lemming. Tu imagines ce qui a pu me passer par la tête...

— Bien sûr, fit le fauve.

De toute évidence, il n'avait pas la moindre envie de poursuivre la conversation.

— C'est pourquoi j'ai voulu m'enfuir, insista le lemming. Je n'étais pas certain de tes intentions.

— Bien sûr...

Le lemming se demanda s'il était sage de continuer, mais il ne put s'en empêcher.

— Pardonne-moi d'être indiscret, reprit-il poliment, mais si je ne me trompe, tout à l'heure tu as parlé d'un ours ?

— Exact, dit le fauve.

— Et tu as bien parlé de me conduire auprès de lui ?

— C'est exact.

— Aaaah... fit le lemming la voix lourde de sous-entendus, espérant par sa réaction encourager le fauve à se confier. Mais il n'obtint pas l'effet désiré.

— Je me demande pourquoi un ours s'intéresse à quelqu'un comme moi, lança-t-il à tout hasard.

Couguar ne répondit pas. Il était dangereux de continuer, le lemming sentait le fauve irrité par ses questions mais l'étrangeté de la situation excitait sa curiosité.

— C'est une question intéressante, tu ne trouves pas ? poursuivit-il.

Pas de réponse. Une inquiétude nouvelle traversa l'esprit du lemming.

— A ma connaissance, les ours sont végétariens... Peux-tu me dire si c'est exact ?

— Un peu de poisson... répliqua sèchement le fauve.

— Je vois... Un peu de poisson... Essaie de comprendre mon inquiétude. Je n'ai jamais rencontré d'ours, je n'en ai même jamais vu, alors t'entendre dire qu'un ours a quelque affaire à traiter avec moi me bouleverse. Je suis convaincu que c'est une réaction normale, non ?

Chaque fois qu'il prononçait le mot « ours », le fauve se hérissait, se raidissait, mais le lemming ne pouvait s'empêcher d'insister.

— Voilà un intéressant sujet de réflexion, tu ne crois pas ? Pourquoi un ours voudrait-il rencontrer un lemming ?

Aucune réponse du fauve.

— Tu n'aurais pas une petite idée, par hasard ?

— Si tu laissais tomber, O.K. ? dit le fauve. Je n'ai aucune idée de ce qu'il veut. Dans aucun domaine.

— Je ne voulais pas être indiscret, reprit le lemming. J'avais cru comprendre que tu travaillais pour lui.

— Je ne travaille pour personne.

— Mais tu lui rends quelques services...

— Ça me ferait mal ! rétorqua le fauve. Une faveur, ouais ! Je lui fais une faveur.

— C'est plutôt inhabituel, non ? demanda le lemming. (Il espérait avoir enfin saisi le bon fil.) J'ignorais que les fauves faisaient des faveurs à qui que ce soit.

— C'est assez rare, répliqua Couguar à contrecœur.

— C'est drôle...

— Quoi ?

— Oh, tout cela me semble un peu bizarre. Tu fais des faveurs à un ours que tu n'as pas l'air de beaucoup aimer.

— C'est un ingrat ! (Le fauve explosa, relâchant un moment son étreinte autour du cou du lemming). Il est arrogant, hautain et on ne peut même pas lui faire confiance. Ca te paraît séduisant ! Tu aimerais ce genre-là, toi ?

— Non, certes non, dit le lemming.

— Moi non plus, dit le fauve. Il est fourbe, rusé, il manipule les autres et puis... Tiens ! Je n'ai pas envie de parler de lui !

— Je ne te blâme pas.

Ils marchèrent un moment en silence,

puis le lemming se mit à rire d'une manière un peu théâtrale.

— Qu'est-ce qu'il y a de drôle ? demanda le fauve.

— Peu de choses, en vérité. J'étais simplement en train d'imaginer ce qui arriverait si tu me laissais filer. Je voyais cet ours attendre notre venue, des jours et des jours et découvrir bien des années après que nous sommes partis chacun de notre côté ! J'ai trouvé l'idée plutôt marrante ! C'est tout.

— Tu peux toujours rêver ! Marrante, tu parles !

Et Couguar se remit en route.

Le lemming perdit sa superbe. La comédie s'arrêtait là. Il se laissa pendre, les membres ballants entre les crocs du fauve.

— Je ne comprends pas, fit-il d'un air sombre. Tu es un fauve, pourquoi obéir à cet ours ? Pourquoi lui accorder des faveurs, puisque tu le détestes tant ?

Couguar réfléchit longtemps avant de répondre.

— Il a certains pouvoirs, dit-il. Il sait des choses. Je veux savoir ce qu'il sait.

Le lemming sentit les poils le long de son cou se hérisser et de sombres pensées lui traversèrent l'esprit.

« Qui donc est cet ours ? » se demanda-t-il. « Un ours capable de dominer les grands fauves, de les obliger à lui rendre des services ? Un ours capable de les faire trembler ? » Si l'ours possédait un ascendant aussi terrible sur un fauve, si grand et si puissant, quelle sorte de chance lui restait-il à lui, pauvre petit lemming ?

Ils arrivèrent à la clairière dans la soirée du deuxième jour. Tout était paisible. Il n'y avait personne, hormis une cane qui nettoyait l'endroit à grands coups de balai.

Couguar déposa sur le sol son fardeau avec un soin dévot et attendit que la cane lui témoigne sa satisfaction, qu'elle le félicite d'avoir réussi sa mission. Mais rien ne vint. Elle balayait avec ardeur, soulevant des volutes de poussière, causant plus de saleté qu'elle n'en ôtait. Afin d'attirer son attention, Couguar toussa, mais la cane était tout entière tournée vers sa tâche.

— Holà ! cria Couguar. Marion ! Tu as vu l'ours ?

La cane cessa un instant de balayer.

— Oh, bonjour Romo, dit-elle poliment. Oui, je l'ai vu. Il se repose dans ses appartements.

— Dans ses appartements, hein ! répéta Couguar amusé par le choix du mot ; il ramassa le lemming et s'éloigna.

— Je crois qu'il ne veut pas être dérangé ! lança-t-elle inquiète.

Couguar ne l'écouta point, il venait de passer quatre jours à courir tous azimuts pour le compte de l'ours, et il le dérangerait s'il l'avait décidé. Quittant la clairière, il s'enfonça dans les bois. En arrivant devant la grotte, il marqua un temps, se demandant s'il osait ou non y pénétrer. Pour cette fois, il n'y entrerait pas, mais un jour il le ferait. Il le savait. Un jour, il percerait au moins ce mystère-là. Son instinct lui soufflait qu'aujourd'hui, ce serait mal venu.

Balançant le lemming avec brutalité sur le sol, il se laissa mollement tomber à terre et bâilla à s'en décrocher la mâchoire pour signifier sa présence à l'ours, ainsi qu'à chaque créature vivant dans un rayon de vingt kilomètres. Un bruit feutré venu de l'intérieur de la grotte, lui fit aussitôt dresser l'oreille. Toutes sortes de frôlements remontaient des profondeurs. Des bruits de pas traînants, lourdauds, de légers murmures, le ron-ron d'une curieuse mélopée fredonnée sur le souffle. Tous ces bruits se rapprochaient de plus en plus. Soudain, sur le seuil de la grotte apparut l'animal le plus imposant que le lemming eût jamais vu. C'était un ours. Un ours, le plus grand de tous les ours. Une créature lente, réfléchie, d'une taille et d'une stature impressionnantes. Le lemming le regarda, stupéfait, se balancer d'avant en arrière comme s'il esquissait une sorte de danse rituelle. Il ne semblait pas voir ses visiteurs, cependant, il était clair qu'il était conscient de leur présence. Tous ses gestes exprimaient une puissance enfouie au fond de lui, mais également une douceur, une délicatesse, une élégance, en somme, qui renforçait encore cette impression de puissance inouïe.

Tout en bougonnant l'ours s'assit avec lenteur. Il toussa . Un petit oiseau s'échappa de sa gueule, alla rebondir dans la poussière, et s'envola à tire-d'aile. Ni l'ours ni le fauve ne semblèrent s'en étonner.

Ce fut alors que l'ours posa les yeux sur le lemming.

— Que veux-tu ? demanda-t-il avec douceur.

Déconcerté, le lemming regarda l'ours, puis le fauve, guettant un signe l'éclairant sur ce qu'il devait faire, mais le fauve semblait tout aussi surpris que lui. Couguar battit deux fois des paupières, détourna le regard et ses yeux devinrent légèrement vitreux.

— Ce que je veux ? demanda le lemming.

— Oui, que veux-tu ?

— Je ne veux rien.

— Alors, tu as frappé à la mauvaise porte, dit l'ours. Il se leva et, sans se presser, repartit vers la grotte.

— Un instant ! dit Couguar. (Sa voix tremblait à peine.) Un moment je te prie, Ours ! Voici ton lemming. C'est lui. C'est le lemming que tu m'as envoyé chercher.

— Oui, je sais bien, répliqua l'ours dardant sur le fauve un regard dur. Tu crois que j'ai la mémoire courte ?

— Non, dit Couguar sur des charbons ardents. Mais tu lui demandes ce qu'il veut ?....

— Et alors ? dit l'ours. Ma question est-elle insolente ? Lui ai-je manqué de respect ?

— Non, absolument pas, dit Couguar. Mais pourquoi lui demandes-tu ce qu'il veut ? C'est toi qui l'a envoyé chercher. C'est toi qui m'a demandé de le ramener ici. Tu comprends mon étonnement ?

— J'ai dit « Trouve-moi le lemming. Il se dirige vers chez nous. » Je crois me rappeler que ce furent mes paroles exactes.

— Parfaitement. Parfaitement. Ce furent tes paroles exactes, c'est vrai. Je *l'ai trouvé*. Et le voici.

— Que veut-il ? répéta l'ours à Couguar.

Couguar voulut répondre. Il ouvrit largement la gueule, la referma, sans qu'aucun son n'en sorte.

Ours soupira, excédé, leva les yeux au ciel et disparut dans sa tanière. N'ayant rien d'autre à faire, le lemming fixa quelques instants les profondeurs de la grotte, puis il risqua un coup d'œil du côté du fauve, dont le visage se plissait lentement comme si il avait mangé un citron trop acide. Il avait les yeux exorbités, les muscles qui tressaillaient, le corps tout entier agité de convulsions. Le lemming crut qu'il allait exploser. Le fauve lâcha brusquement un rugissement effroyable et s'éleva sur place les quatre pattes tétanisées. Quand il retoucha terre, il se roula dans la poussière se débattant avec une rare violence dans tous les sens, hurlant comme un forcené. Tout aussi brusquement, qu'il avait commencé, il s'arrêta net. Il contempla longuement l'entrée de la grotte et finalement, il s'enfuit dans les bois d'une démarche mal assurée, comme ivre.

Peu après, ses hurlements recommencèrent.

On put les entendre jusqu'à une heure avancée de la nuit.

Le lemming ne pouvait détacher son regard de la grotte.

« Tout cela est vraiment très curieux, pensa-t-il. Des fauves jouent les larbins, des ours crachent des oiseaux... » Tous ces comportements étaient étranges, en vérité. Du moins pour le moment était-il sain et sauf. C'était une certitude. Il respira à pleins poumons, car aussi loin qu'il s'en souvienne c'était la première fois depuis longtemps qu'il ne se sentait pas en danger immédiat.

« Pourquoi ? » se demanda-t-il. Depuis qu'il était parti de chez lui, il avait pourtant vu du pays, et rien, ici, n'était ni plus familier, ni plus accueillant qu'ailleurs. Depuis combien de temps voyageait-il ? Des mois ? Des semaines ? Il ne savait plus. Mais aussi curieux que ça paraisse, à cette minute précise, il se sentait bien. Ce sentiment lui était si inhabituel qu'il avait du mal à l'admettre.

« Pourquoi ne pas y croire ? se demanda-t-il. Est-ce le lieu, est-ce moi ? » La question lui parut intéressante, mais elle méritait qu'il lui consacre un temps et une énergie dont il se sentait incapable pour le moment.

Il s'allongea sur le dos, le museau tourné vers le ciel. Les étoiles s'allumaient les unes après les autres.

Que faire ? Où aller ? Il se creusa la cervelle. Sans succès.

« Que veux-tu ? » lui avait demandé l'ours. Il n'en avait pas la moindre idée. Au fait, ce n'était pas tout à fait juste. Quelque chose à manger serait bien venu. Il s'avoua qu'il avait une faim et une soif de tous les diables ; il aurait été incapable de dire quand il avait mangé pour la dernière fois. C'était peut-être tout simplement ce que l'ours avait voulu suggérer. Et s'il avait osé dire qu'il avait faim, l'ours lui aurait sans doute donné un petit truc à manger. Voilà tout. A bien y réfléchir, il était convaincu que l'ours lui aurait donné à manger, toutefois, il devinait que l'ours avait une autre idée en tête.

A ce moment, une odeur très précise lui chatouilla agréablement les narines. Une bonne odeur de porridge chaud. Le lemming sentit renaître en lui des sensations qu'il croyait mortes. L'odeur venait de la clairière. Ce serait peut-être une bonne idée d'aller traîner par là-bas, histoire de voir ce qui se passait.

Dans la clairière, la cane remuait d'une aile vigoureuse la soupe qu'elle préparait dans un gros chaudron, posé sur un feu de bois. Elle en renversait la moitié à côté, ce qui ne semblait pas l'émouvoir.

— Oh ! dit-elle en apercevant le lemming. Tu m'as fait peur. Bonjour ! Bienvenu !

— Merci.

Le lemming alla s'asseoir à l'autre extrémité de la clairière, sous un pin élevé. Il espérait de tout son cœur que la cane remarquerait les regards d'envie qu'il jetait vers la soupe.

Hélas ! Elle ne s'intéressait qu'à sa cuisine.

Le lemming toussota d'un ton discret, aussitôt elle leva les yeux sur lui. Son expression désespérée et sa pauvre silhouette décharnée lui allèrent droit au cœur.

— Qu'est-ce qui ne va pas ? demanda-t-elle. Tu m'as l'air bien mal en point.

— Je ne me sens pas très bien, fit le lemming.

— Ce n'est pas étonnant. Regarde-toi. Quand as-tu mangé pour la dernière fois ?

— Je ne sais plus.

— Tu ne *sais plus* ?

— Non.

— Mon Dieu ! s'exclama-t-elle en hochant la tête. Il ne sait plus quelle est la dernière fois où il a mangé !

D'une démarche chaloupée, elle se dirigea vers le chaudron, trempa dans la soupe un bol en bois qu'elle apporta au lemming.

Avant de le lui donner, elle lui pinça le museau entre deux doigts.

— Il n'a que la peau sur les os ! Tu devrais prendre un peu plus soin de toi.

— Je fais de mon mieux, dit le lemming, lui arrachant le bol de soupe pour y plonger la langue avec avidité.

La cane repartit de son pas dansant vers le chaudron.

— Tout le monde dit la même chose. Chacun pense faire de son mieux et regarde un peu ce que ça donne !

Le lemming dévora la soupe. Il était trop affamé pour apprécier vraiment, mais il savait qu'il n'avait jamais rien mangé de meilleur. Il sentait la chaleur et le bien-être que la nourriture lui procurait brûler les fibres les plus secrètes de son corps. Dire qu'il s'était cru imperméable à jamais à toute sensation.

Il finissait la soupe et s'apprêtait à en redemander, lorsqu'il entendit un bruit étrange venir du côté de la grotte. Une sorte de « bourdonnement », à peine audible au début, qui s'amplifia jusqu'à devenir puissant et mystérieux. On aurait dit le vent ravageant les canyons par une nuit froide d'hiver, quelque créature gémissant au beau milieu d'un cauchemar abominable.

« Qu'est-ce qui se passe encore ? » pensa

le lemming. Il jeta un coup d'œil vers la cane, elle semblait tout à fait sereine, aussi poursuivit-il son repas. Mais le bruit reprit et, s'amplifiant encore, il évolua vite en une suite de hurlements sourds et répétés. Le lemming essaya de toutes ses forces d'ignorer ces cris, de se concentrer sur son dîner, mais l'effrayante clameur provoquait maintenant de petites risées à la surface de sa soupe et il sentit bientôt le sol trembler sous lui. « On est en train d'assassiner l'ours », se dit-il. « De le torturer à mort. » La cane ne montrait toujours aucun signe d'inquiétude. Il s'efforça encore un moment de faire comme si de rien n'était, mais ce fut bientôt plus fort que lui.

— Qu'est-ce que c'est ? Qu'est-ce qu'on entend ?

— C'est l'ours.

— Quoi ? Qu'est-ce qu'il fait ? demanda le lemming.

— Il pousse son cri libératoire, répondit gentiment la cane.

— C'est quoi « un cri libératoire » ? demanda le lemming.

— C'est quoi ? Eh bien, c'est assez difficile à expliquer. Un cri libératoire... C'est un cri libératoire.

— Pourquoi fait-il ça ? (Le lemming s'efforçait, tout en parlant, de ne pas renverser sa soupe.) Qu'est-ce que c'est ? Une sorte de chant ?

— Non, ce n'est pas un chant, dit la cane. Il fait cela pour... C'est très difficile à expliquer... Il fait cela pour s'épousseter le cerveau et se remettre les idées en place.

— Pour quoi ? demanda le lemming qui craignait d'avoir mal entendu.

— Pour se remettre les idées en place, répéta la cane.

— Et pourquoi veut-il se remettre les idées en place ?

— Pour échapper à l'ours.

— Pour échapper à quel ours ? demanda le lemming qui ne comprenait plus rien.

— A son ours intérieur.

— Son ours intérieur... ?

— Son moi intérieur, si tu préfères, sa personnalité, son enveloppe d'ours.

— Mais comment peut-il échapper à sa personnalité d'ours ?

La cane considéra le lemming avec pitié, avec tristesse même.

— Justement, tout le problème est là, vois-tu. Je dois échapper à ma condition de cane, comme lui doit échapper à sa condition d'ours ou toi à ta condition de ...

C'est alors qu'elle le regarda vraiment.

— Au fait, tu es quoi toi ? lui demanda-t-elle.

— Avant, j'étais un lemming.

— Et maintenant tu es quoi ?

— Je n'en sais plus rien.

— Voilà bien la plus merveilleuse chose ou la plus triste, que j'ai jamais entendue, commenta la cane repliant les ailes sur son cœur et inclinant la tête d'un côté.

— Ce n'est ni merveilleux, ni triste, dit le lemming. Ainsi sont les choses de la vie.

— Et comment sont-elles ces choses ?

— Quelles choses ?

— Ces choses qui sont ce qu'elles sont... Comment sont-elles ? insista la cane.

— Elles sont... toutes différentes, répliqua le lemming.

— C'est exactement ce que je veux dire, conclut la cane.

Le lemming hocha la tête avec véhémence, cherchant à y voir clair.

— Attends un peu, de quoi parlons-nous ? J'ai perdu le fil.

— Nous parlons de *l'être*, dit la cane. Nous parlons de *l'essence* de l'être. Je t'expliquais que toi tu dois échapper à ta condition de lemming.

— J'ai déjà *échappé* à ma condition de lemming.

— Je ne crois pas, dit la cane d'un ton convaincu.

— Oh, que si ! Et j'en suis même très loin.

— Je suis désolée de te contredire, mais tu te trompes, dit la cane.

— Et comment sais-tu ça, toi ! fit le lemming, une pointe d'irritation dans la voix. Il y a deux minutes tu ignorais encore qui je suis. Comment peux-tu dire si j'ai ou non échappé à ma condition de lemming, puisque tu n'as jamais connu de lemming ?

— Je n'ai pas besoin d'en avoir connu. Je n'ai qu'à te regarder.

— Et alors ? Moi aussi, je peux te regarder.

— Et que vois-tu ? demanda la cane en prenant une pose avantageuse, le cou bien droit, les ailes largement déployées.

— Je vois une cane. Une simple cane.

— Eh bien, tu es aveugle.

— Ah, tu crois ?

— J'ai le triste devoir de t'apprendre que tu es aveugle, déclara la cane d'un ton sans appel.

— Alors, si tu n'es pas une cane, tu es quoi ?

— Je suis un lion, dit-elle. Réveille-toi un peu, ça saute aux yeux !

— Tu es un lion ? dit le lemming, ne sachant plus sur quel pied danser.

— C'est exact.

— Une de ces créatures massives au pelage doré, avec une crinière ?

— Exact.

— Un lion, comme celui qui m'a amené ici ?

— Ça, sûrement pas ! s'écria la cane horrifiée. Romo n'est qu'un félin ! On ne peut pas imaginer moins lion que lui !

Le lemming commençait à se sentir la tête lourde, cette conversation lui pesait et il aspirait au silence, mais il décida de rester bien élevé jusqu'au bout, car il avait très envie d'un autre bol de soupe. Ensuite, il remercierait poliment la cane et reprendrait sa route.

— Tu sembles bouleversé, dit-elle avec gentillesse. Quand je suis arrivée ici, je l'étais moi aussi. Cela ne durera pas. L'ours effacera tous tes vieux doutes. Fais-lui confiance. Avec le temps, tu seras moins inquiet, tu te sentiras plus serein.

— Ce n'est pas ce que tu crois qui m'inquiète.

— Pourquoi donc es-tu inquiet ?

— J'ignore ce que tu t'imagines, mais tu te trompes. C'est tout ! s'écria le lemming avec violence.

— Je ne crois pas ! insista la cane sûre d'elle-même. Sinon tu ne serais pas dans cet état. Regarde-toi !

— De quel droit m'expliques-tu qui je suis ! explosa le lemming incapable de se contrôler davantage. Tu ne me connais pas, tu ne m'a jamais vu, et tu as le culot de dresser le bilan de toute mon existence. Sache que

je n'ai pas la moindre intention de traîner
ici. On m'a amené par erreur et je m'en irai
dès que j'aurai fini ma soupe.

— Ça m'étonnerait ! La cane partit d'un rire
léger.

— Ça t'étonnerait ?

— Sinon, pourquoi aurais-tu fait tout ce
chemin ?

— Je ne l'ai pas voulu ! Le lemming criait
presque. J'ai été enlevé. On m'a conduit
ici contre mon gré. J'étais inconscient, je
délirais !

— N'empêche que tu es ici ! Alors ?

— Alors, quoi ?

— Alors, mon cher, les choses sont claires,
tu ne crois pas ? conclut la cane d'un ton
définitif.

Elle replia les ailes derrière son dos,
tendit le cou et sourit gentiment attendant
que le lemming s'avoue vaincu.

— Et qu'est-ce que ça prouve, s'il te plaît ?
s'énerva le lemming, qui n'avouait rien du
tout.

— Ça prouve simplement que c'est bien ici
que tu es sensé te trouver. Voilà tout.

— Et par quel miracle arrives-tu à cette
conclusion ? Pour quelle raison suis-je ici
selon toi ?

— Tu es venu voir l'ours, c'est évident.
Pourquoi ne pas le reconnaître ?

— Tu te fiches complètement dedans. Je ne voulais pas voir l'ours, c'est lui qui voulait me voir. Et en me voyant, il a changé d'avis.

Vexé, le lemming se leva et serrant les poings, il alla se servir un autre bol de soupe.

— Ours ne ferait jamais une chose pareille, dit gravement la cane. Il ne change jamais d'avis.

— Cette fois-ci, il en a changé.

— Comment le sais-tu ?

— C'est simple, lorsque je lui fus présenté, il m'a demandé ce que je voulais. Voilà. Pourquoi me poserait-il une telle question, alors que c'est lui qui a voulu me voir ?

— Qu'as-tu répondu ?

— Que pouvais-je répondre ? Je ne voulais rien, je le lui ai dit.

— Tu lui as dit que tu ne voulais rien ? Tu lui as vraiment répondu ça ?

— Oui. Vraiment.

— Quelle erreur profonde !

— Ecoute, dit le lemming, rendant les armes. Je vais être honnête. Je n'ai pas la moindre idée de ce dont tu parles, je me fiche de tout ce blabla, je te suis très reconnaissant des deux bols de soupe que tu m'as offerts, mais si j'avais su qu'il me faudrait avaler un cours de philo avec, j'aurais préféré m'en priver et je serais resté l'estomac vide.

La cane le jugea d'un œil froid.

— Je sais maintenant en quoi tu es un lemming, dit-elle.

— Je ne suis plus un lemming. Je viens de te le dire.

— Je sais bien, seulement ce n'est pas vrai. Tu ne vis plus parmi eux, mais tu es toujours un lemming.

— De quel droit me dis-tu qui je suis ? Il était outré. Sa voix tremblait de rage. Sais-tu seulement ce qui se passe en moi ?

— Moi non, je l'avoue, mais l'ours, lui, le sait. Voilà pourquoi il t'a demandé ce que tu voulais.

— Ah,oui ? cria le lemming.

— Oui.

— Mais s'il voyait ce qui se passe en moi, il ne me demanderait pas ce que je veux. Il le saurait. Tu ne crois pas ?

Et il s'assit par terre, croisa les bras, la discussion était close. Il n'y avait plus rien à ajouter.

— C'était pour être gentil, fit la cane sans se démonter, pour ne pas t'effrayer.

Le lemming se creusa la tête en quête d'une réponse cinglante, mais il était fatigué de discuter. Rien ne semblait ébranler la vanité de la cane. « Elle ne tourne pas rond », se dit-il. Il s'étonna qu'elle ait réussi à le mettre dans un tel état. « Tous les canards sont-ils aussi bornés, ou est-elle un cas à part ? » Il avait envie de lui tordre le cou, ce qui ne lui ressemblait pas, car il était d'une nature paisible. Du moins jusqu'à ce qu'il croise cette cane.

Une ombre traversa son champ de vision. En levant les yeux il aperçut l'ours qui s'asseyait non loin du chaudron ; plongé dans ses propres pensées, il ne semblait concerné ni par les lieux, ni par la conversation houleuse qui s'y déroulait . Etait-il là depuis longtemps ? Comment avait-il réussi à se déplacer dans un tel silence, sans que personne ne l'aperçoive ?

Le lemming préféra se taire.

Il n'était ici qu'un simple invité, et pour curieuse que soit cette clairière, il ne serait pas très habile d'en irriter le maître.

Peut-être était-ce déjà trop tard ?

Au bout d'un moment, qui parut un siècle, l'ours releva lentement la tête et sourit au lemming d'un air chaleureux et amical. Le lemming respira. Ses craintes se révélaient sans fondement.

— Encore parmi nous ? demanda l'ours.

— Oui, on dirait, répondit le lemming.

— Parfait, parfait, fit l'ours tout joyeux. Marion a-t-elle éclairci ta situation ? Qui es-tu ? Où vas-tu ?

— Pas vraiment. Le lemming se tint sur ses gardes.

— Accorde-lui un peu de temps encore.

— Nous n'avons eu qu'un bavardage rapide, dit la cane, toute rougissante sous son plumage.

— Oui, je m'en doute.

Le lemming ne sut que penser. Le ton de l'ours restait amical, mais teinté d'un sous-entendu impossible à définir. La cane, comme gênée, grattait le sol d'une patte.

— Tu as trouvé ton arbre à ce que je vois, dit l'ours.

— Pardon ? fit le lemming.

— Ton arbre. Tu as trouvé ton arbre, répéta l'ours aimable.

De sa grosse patte, il désigna l'arbre sous lequel s'était assis le lemming.

— De quel arbre s'agit-il ?

— De celui sous lequel tu es assis.

Le lemming considéra l'immense pin sous lequel il s'était installé.

— Ah oui, fit-il. L'arbre... J'ai trouvé un arbre... Enfin je ne suis pas sûr que ce soit le mien.

— C'est bien le tien, n'aie pas peur. Il t'attendait depuis longtemps.

— Oui... Mon arbre... Je te remercie de m'autoriser à me reposer sous ses branches.

— Tu n'as pas à me remercier, cet arbre est à toi. Si tu tiens à remercier quelqu'un, remercie l'arbre.

C'était une plaisanterie, naturellement, aussi le lemming se mit-il à rire. Mais visiblement, l'ours ne trouvait pas cela drôle du tout. Le lemming estima plus avisé d'agir comme le lui avait suggéré l'ours, alors se tournant vers l'immense pin, il marmonna du bout des lèvres :

— Je te remercie, Arbre !

— Très bien, dit l'ours heureux. Il était un peu froissé qu'on l'ait oublié, le voilà content maintenant.

Le lemming opina du chef plus longtemps qu'il n'était utile. Il ne savait que dire.

— Il est très important de remercier les arbres qui protègent notre repos, continua l'ours. C'est une habitude qui mérite d'être cultivée.

— J'essaierai de m'en souvenir.

Le silence retomba. Chacun mangeait sa soupe assis dans son coin. La cane se tenait un peu en retrait, attentive aux moindres désirs muets de l'ours.

De temps à autre, l'esprit de l'ours partait à la dérive, la cane rattrapait son bol au vol évitant de justesse que la soupe ne se renverse sur lui. Dans ces moments-là, il lui arrivait de retrouver de brefs instants de lucidité et de considérer le lemming d'un sourire distrait, auquel le lemming répondait aussi par un sourire vague, sans grande signification. Petit à petit, se sentant plus à son aise, le lemming se mit à observer l'ours, essayant de trouver une ressemblance entre l'animal assis en face de lui et la description que lui en avait donnée le fauve. « Il a certains pouvoirs. Il sait des choses. »

Un autre ours, peut-être, mais celui-ci sûrement pas. La malheureuse créature n'avait même pas la force de se nourrir seule sans s'endormir, ni renverser son dîner. Le plus curieux, c'était la réaction du fauve ; on aurait dit qu'il avait peur de l'ours. Il semblait complètement affolé, intimidé en sa présence, ce qui était incompréhensible. Même le lemming, qui d'habitude avait peur de tout, n'éprouvait pas l'ombre d'une crainte devant ce malheureux animal, perdu dans une rêverie fumeuse et indifférent à tout ce qui l'entourait.

— Sais-tu ce que tu veux, maintenant ? demanda l'ours à brûle-pourpoint, tirant le lemming de ses réflexions.

— Non, à vrai dire. Pas encore.

— Je vois que tu manges de la soupe. L'ours désigna le chaudron d'un geste alangui.

— Oui, dit le lemming. La cane a eu la gentillesse de m'en offrir un bol.

— Peut-être était-ce tout ce que tu voulais ?

— Oui, répondit le lemming avec un enthousiasme exagéré. Peut-être était-ce tout ce que je voulais...

— C'est un peu terre à terre, tu ne trouves pas ?

— Sans doute, je l'avoue.

— On peut désirer ici-bas, tellement de choses, et toi, tu ne veux rien d'autre qu'un peu de soupe. C'est triste.

— C'est que j'étais littéralement affamé... dit le lemming. Sur un plan philosophique, je ne jurerais pas que ce soit fondamentalement ce que je veux, mais quand on a faim, on pense à manger.

— Certains oui, d'autres non, fit l'ours.

— Moi, je crois que ceux qui pensent à manger sont plus nombreux, dit le lemming.

— Peut-être bien que oui, peut-être bien que non.

— Je pense qu'en règle générale, l'unique obsession de la plupart des gens qui ont le ventre creux, c'est manger.

Quelle discussion idiote ! Il n'allait tout de même pas se laisser culpabiliser, alors que crevant de faim, il avait voulu manger un peu !

— Je ne m'intéresse guère aux généralités, dit l'ours.

— Et pourquoi donc ? demanda le lemming, priant le ciel qu'une discussion comme celle qu'il venait d'avoir avec la cane ne recommence pas.

— Je suis persuadé qu'elles servent d'excuses, que ce sont des prétextes derrière lesquels on se cache.

— Je ne te suis pas.

— Bon, prenons par exemple un lemming moyen. En règle générale, ils ont une fâcheuse tendance à se suicider en se précipitant dans les océans.

— Pardon ? Le lemming n'était pas très sûr d'avoir bien entendu.

— Les lemmings, répéta l'ours, ont tendance à se jeter dans le vide depuis des points élevés.

— Il y en a aussi qui ne le font pas ! s'écria le lemming courroucé.

L'ours se montrait un peu trop intime pour un inconnu. C'était d'assez mauvais goût.

— C'est exactement ce que je veux prouver, poursuivit l'ours. Il y a de par le monde, quelques lemmings qui ne se précipitent pas du haut des falaises, mais il n'est guère risqué de dire qu'en règle générale, la plupart se jettent dans les océans.

— Je ne vois pas où tu veux en venir.

— Je dis tout simplement qu'il faut se méfier des généralités. Il n'est pas inutile d'en faire l'analyse, car c'est sans doute à travers elle, qu'un ou deux lemmings ont pu sauver leur vie et elle pourrait bien sauver la tienne, un de ces jours.

— Possible... dit le lemming.

Sa propre vie en était la preuve absolue. Pas question de le nier, mais il n'avait pas envie d'en parler maintenant, ici, avec ces inconnus.

— Prenons un autre exemple, dit encore l'ours. Toi, tu es un lemming. Imagine que tu te trouves au milieu de millions de lemmings ayant conçu le projet de partir vers l'ouest et de se jeter dans l'océan du haut des falaises. A ta place, je me demanderais « Pourquoi agissons-nous tous de la même manière ? Quelle raison nous entraîne tous vers la mort, nous pousse tous à nous jeter du haut de ces falaises immenses ? » Mais les gens n'osent pas se poser ce genre de questions, ça les rend nerveux, surtout s'ils s'apprêtent à faire le grand saut. Leur instinct leur dit d'y aller, alors ils y vont. Ils veulent y aller. Ils n'ont pas les vraies réponses, mais de toute manière, ils n'en veulent pas. Ils veulent faire ce qui est décidé, un point c'est tout. En posant trop de questions, on oblige souvent les amis, la famille à dire des choses dont ils ne sont pas tout à fait convaincus et cela peut créer des situations embarrassantes. Voilà pourquoi la plupart des gens s'expriment par généralités ; cela leur évite de dévoiler ce qu'ils ont dans le crâne. Bien des lemmings préfèrent ne rien dire plutôt que de vexer qui que ce soit. Mais moi, je pense qu'il vaut mieux poser un tas de questions, même si elles déplaisent, et rester en vie.

L'ours s'exprimait posément, d'un ton rêveur, le nez pointé vers la lune. Toutes ses suppositions semblaient le fruit du hasard, et cependant, toutes se rapprochaient fort d'événements que le lemming avait vécus. Ces choses-là lui étaient vraiment arrivées. L'ours était-il au courant ? Inventait-il n'importe quoi, tombant juste par le plus grand des hasards ? C'était difficile à dire.

— Enfin, c'est mon opinion, dit l'ours. Et toi, qu'en penses-tu ? Est-ce que tout ça te paraît plausible ?

— Oui, dit le lemming avec prudence.

— Seulement tu vois, ça créé d'autres problèmes.

— Lesquels ?

— Eh bien, prenons un nouvel exemple. Si, toute ma vie, je m'étais pris pour un lemming et que je vois les miens se conduire d'une façon inhabituelle, curieuse, je risquerais fort de me croire dégénéré. Je me déprimerais. Je paniquerais. Je m'efforcerais peut-être de leur ressembler, de négliger mes doutes et de croire que je ne tourne pas rond.

Le cœur du lemming battait à tout rompre. L'ours lui racontait là l'histoire de sa vie. Il en parlait comme d'une théorie, mais c'était bien l'histoire du lemming, et de personne d'autre. Ce ne pouvait pas être un hasard. L'ours feignait de l'inventer au fur et à mesure, mais c'était impossible. Il savait qui était le lemming, sans aucun doute. L'ours poursuivit sa démonstration.

— Par ailleurs, qu'arriverait-il si ce dégénéré n'était pas de taille à résister à la pression ? Si, au moment où le sang s'exprime chez tous ceux de sa race, il retrouvait ses instincts ? Et si ses instincts le conduisaient au seuil de la mort ? Imagine qu'il n'échappe au destin de ses compagnons que par un miracle l'empêchant de se précipiter dans l'océan ? Quelle opinion pourrait-il avoir de lui-même ?

— Je ne sais pas, répondit le lemming, et il était sincère.

C'était bien son histoire. Mais l'ours approfondissait les choses plus qu'il ne l'avait fait lui-même.

— Voici, selon moi, ce qui arriverait, dit l'ours. A la seule idée d'être un lemming, je me révolterais, je rejetterais en bloc tous les lemmings, tout ce qui peut les toucher de près ou de loin. Je nierais farouchement avoir été un lemming. Ou en avoir connu.

Le lemming était au-delà de l'étonnement. Assis sans bouger, il se contentait de hocher la tête à chaque nouvel argument. Bouche bée, recroquevillé sur lui-même, il buvait une à une les paroles de l'ours. Sa vie était décryptée avec autant de précisions que si l'ours lui avait incisé le ventre et lisait dans ses entrailles, comme à livre ouvert.

— Je fuierais l'océan et sa folie, je partirais pour un pays qui n'abrite pas de lemmings, un pays qui n'a jamais vu un seul lemming, qui n'en a jamais entendu parler. Là, je recommencerais ma vie à zéro, sur des bases totalement nouvelles, du moins j'essaierais. Voici comment je m'y prendrais : je ferais table rase de mon passé, de ma famille, de mes amis. J'effacerais jusqu'au souvenir de ma mère, mon père, ma sœur qui furent assez fous pour naître lemmings, avec tous les instincts des lemmings, qui vécurent et moururent en lemmings. J'essaierais d'oublier toutes ces voix, ces visages auprès desquels j'ai grandi, tous les principes d'éducation dans lesquels je fus élevé, certains abominables, d'autres moins. Je me construirais un destin nouveau. Voilà ce que je ferais. Et toi ?

— Moi aussi, murmura le lemming.

— Oui, c'est certainement ce qu'il y aurait de mieux. Mais ce serait très dur, dit l'ours. Vraiment très dur. Parce que pour finir, qui serais-je ? Je serais un non-lemming.

Rien d'autre. Un non-être. Je devrais me contenter d'aliments contraires aux goûts des lemmings, dormir dans des lieux inadaptés aux habitudes des lemmings, aller dans des endroits où jamais les lemmings ne vont et avoir des pensées opposées à celles des lemmings. Tu ne crois pas ?

— Oui, souffla le lemming.

— Et chaque fois que je me surprendrais à agir comme un lemming, je frissonnerais d'horreur. « Stop ! » crierait mon cerveau. « Une pensée lemming ! Si tu continues, tu vas te jeter dans le précipice le plus proche ! Finies les pensées lemming ! » insisterait mon cerveau, « finies pour toujours. Mais alors, je ne pourrai plus jamais penser à ma mère, mon père, ma sœur ? » « Non », rétorquerait mon cerveau. « Ils ont fait le grand saut, ils ont suivi le troupeau. Ils te tueront aussi, si tu penses à eux. Et alors... » (L'ours haussa tristement les épaules.) Alors, où irais-je ? Que ferais-je ?

— Je m'enfuierais, murmura le lemming.

— Oui. Moi aussi, dit l'ours. Je m'enfuierais aussi loin que mes jambes me porteraient. Je courrais jusqu'à ce que....

L'ours marqua un silence.

— Oui ? interrogea le lemming.

— Voilà la question, n'est-ce-pas ?

Le lemming acquiesça.

— Quelle est la réponse, selon toi ?

— Je n'en sais rien.

— Je courrais jusqu'à ce que mon passé me rattrape. Voilà tout. Tu comprends ?

— Non.

— Je courrais jusqu'à ce que mes craintes me ramènent précisément à mon point de départ. Dans mon affolement, je tomberais d'une falaise, je me précipiterais dans un puits, dans une rivière, dans un lac, que je sache nager ou pas. Ou si j'évitais tous ces pièges, je me jetterais dans la gueule de quelque bête sauvage, en tout cas, je réussirais sans aucun doute à voir se confirmer la vérité tant redoutée : je suis un lemming. Un lemming face à la vie, un lemming face à la mort.

L'ours hocha tristement la tête.

— Quel terrible destin. Terrible et tragique.

L'ours se tourna enfin vers son invité.

— Mais il existe une autre solution. Tu sais laquelle ?

Le lemming fit « non » de la tête.

— Courir au service d'un idéal.

L'ours prononça cette phrase la mine épanouie, et les bras ouverts. Un court instant, le lemming eut l'horrible sentiment que l'ours n'avait plus rien à ajouter.

Après la démonstration stupéfiante qu'il venait de lui faire, après l'avoir précipité dans un abîme de sentiments intenses et contradictoires, l'ours n'avait plus rien à proposer et il allait se retrouver abandonné au cœur de ce beau raisonnement, comme dans la vie.

— Courir au service d'un idéal ? gémit-il.

— Courir au service d'un idéal, répéta l'ours avec emphase.

— Tu penses à une chose précise ? demanda le lemming.

— Que veux-tu ? L'ours ne souriait plus.

— Je ne veux plus être un lemming.

— Ce n'est pas suffisant. Regarde où ce seul désir t'a conduit.

— Je ne sais pas quoi dire d'autre. Je me sens vide et perdu. Je ne veux plus être un lemming.

— Parce que tu te sens vide et perdu, tu crois combler ce vide par la seule volonté de ne plus être, c'est-à-dire par un autre vide. Si tu réussis, chapeau ! Mais tu seras le premier. A ma connaissance.

— Je ne sais pas quoi dire d'autre.

— Tu le sauras peut-être un jour ! conclut l'ours tout en s'apprêtant à partir.

— Non, je t'en prie, ne pars pas ! s'écria le lemming. Aide-moi ! J'ai besoin de savoir ce que je dois faire. Tout ce que tu as raconté est vrai. Par une sorte de miracle, tu as lu en moi. Je suis en fuite depuis si longtemps, je vis dans la terreur depuis si longtemps, que je n'ai plus d'autres souvenirs. Je n'en peux plus, mais je ne sais que faire d'autre.

A mesure qu'il parlait, les yeux du lemming se remplissaient de larmes.

— Aide-moi, je t'en supplie !

— Qui es-tu ? répéta l'ours d'une voix douce.

Le lemming hocha la tête avec désespoir.

— Je ne sais pas...

— Es-tu un lemming ?

— Oui, bien sûr, en partie, mais je suis autre chose aussi.

— Quoi ?

— C'est ce que je ne sais pas.

— Quand te sens-tu lemming ?

— Quand j'agis comme un lemming, bêtement, sans réfléchir. Quand je suis mes instincts, tout en sachant parfaitement qu'ils me mèneront droit à la mort.

— Quand échappes-tu à ta condition de lemming ?

Le lemming plongea en lui-même et fouilla les replis les plus secrets de son âme.

— Quand je pense. Quand j'ai confiance. Quand je crois qu'il y a un futur.

— Il y a donc quelque chose en toi qui mérite d'être révélé.

63

— Je suppose.

— Quoi, à ton avis ?

— Je n'en sais rien.

— Ce n'est pas grave, dit l'ours. Tu n'as pas besoin de le savoir tout de suite. Mais tu sais d'autres choses, si je ne me trompe ?

— Oui, dit le lemming.

— Sais-tu ce que tu veux ?

— Je crois.

— Que veux-tu ?

— Je veux savoir qui je suis, dit le lemming.

— Ah ! Enfin ! dit l'ours.

— Je veux connaître cette part de moi qui échappe au lemming. La part de moi en qui je peux avoir confiance.

— Nous y voilà ! Tu as enfin dit une chose constructive.

— Peux-tu m'aider à y parvenir ? Est-ce la raison pour laquelle je suis ici ?

— C'est la raison pour laquelle tous nous sommes ici, dit l'ours.

Alors le lemming s'effondra, le museau dans la poussière et il sanglota de tout son cœur. Les tensions, les terreurs de toute sa vie s'évanouissaient dans la terre douce et humide de la pinède. L'ours se pencha gentiment sur l'épaule du lemming, lui fit deux ou trois petites caresses, puis partit vers sa tanière en chantonnant.

Le cœur débordant d'affection, la cane

regarda pleurer le lemming. Elle aurait voulu se précipiter vers lui pour le consoler, mais après le mauvais départ que leur relation avait pris, elle sentait qu'il fallait le laisser en paix.

D'ailleurs, ce n'était pas de chagrin qu'il pleurait, mais de soulagement. Il irait mieux demain matin.

« Saurais-je un jour me taire ? » se demanda-t-elle. Elle se réprimanda avec sévérité. Quel besoin avait-elle de toujours intervenir sur les choses et sur les gens ? Ses intentions étaient bonnes, c'est vrai, car elle ne supportait pas de voir les autres malheureux et perdus. Mais cela ne servait à rien. Certains jours, elle aurait vraiment voulu secouer ses semblables, comme des pruniers, jusqu'à ce qu'ils retrouvent un peu de bon sens. Parfois, elle avait envie de les coller sous un arbre par une nuit d'orage avec l'espoir que la vérité fonde sur eux comme l'éclair et les foudroie de ses mille feux. « Oh, oui ! » s'écrieraient-ils, électrisés, les idées enfin remises en ordre, « j'ai trouvé ! »

Elle adorerait faire ça. Mais l'ours n'était pas d'accord. D'après lui, les électro-chocs étaient une bonne manière d'aborder la vérité, une excellente manière même, mais la méthode pouvait aussi tuer.

— Patience, Marion, disait l'ours. Patience. Il faut avancer lentement et sûrement.

Le lemming ne pleurait plus. Alors, de sa démarche de danseuse orientale, la cane s'approcha de lui et posant de son air le plus désinvolte, une aile sur ses épaules, elle lui demanda s'il désirait encore un peu de soupe.

Mais déjà, il avait dérivé vers un autre univers.

Le lendemain matin, réveillé par un concert de cris épouvantables, le lemming s'aperçut que c'était lui qui hurlait ainsi. Il émergeait d'une nuit de cauchemars abominables. Comme un noyé, il avait passé sa nuit à tenter de fuir une gigantesque créature qui ressemblait à un ours, qui apparaissait à tout bout de champ, qui crachait des oiseaux et des éclairs. Cet ours le poursuivait partout l'assurant de son amitié la plus sincère... Il voulait absolument le serrer contre son cœur, à la façon des ours... Le lemming savait très bien que s'il arrêtait de courir, il mourrait étouffé. Le cauchemar s'acheva au moment où l'ours le rattrapait, il allait enfin se passer quelque chose d'intéressant, mais le lemming hurla et se réveilla, coupant court à toute suite possible.

« Quel rêve étrange », pensa-t-il.

Petit à petit son esprit s'apaisa, les événements de la soirée lui revinrent en mémoire. Il se souvint de l'ours, le vrai, celui qui crachait des oiseaux et qui lui avait fait le compte rendu précis de l'histoire de sa vie. Le lemming songea que l'ours de la clairière, le vrai, était plus inquiétant que celui de son cauchemar. Couguar avait raison. L'ours avait de réels pouvoirs, il avait, en particulier, celui de deviner la vie des autres animaux. Quelle pensée inquiétante... Surtout s'il utilisait ce pouvoir à des fins maléfiques. Armé de tels pouvoirs, l'ours pouvait causer d'immenses ravages. Pourtant, en dépit de sa taille imposante, de ses pouvoirs, d'une sorte de magnétisme ou de charme personnel, il paraissait inoffensif. Si ça se trouve, il ne savait rien. Il avait tout simplement à son service des espions qui se renseignaient sur tous les nouveaux venus à la clairière, en fouinant dans leur passé. Non, c'était absurde. Dans quel but ? Et puis, comment faire ? Il lui faudrait une armée d'espions travaillant vingt-quatre heures sur vingt-quatre. C'était impossible... Après tout, pas tant que cela... Comment savoir ? C'était peu probable, pas impossible.

Bref, quelle que soit la méthode, l'ours connaissait le passé du lemming. Aucun doute à cet égard. Il savait aussi deviner ses désirs les plus intimes, des désirs si secrets que le lemming lui-même en était inconscient, jusqu'à ce que l'ours l'interroge. « Etrange », pensa-t-il. « Effrayant. »

L'ours paraissait pourtant sincèrement désireux de l'aider à découvrir qui il était. Qui il était réellement. Une idée intéressante à creuser. Grâce à l'ours, il avait compris qu'il représentait une réalité, que son refus de rester prisonnier de sa condition de lemming cachait un être noble et de qualité. Auprès de l'ours, cette vérité s'était clairement imposée à lui, mais là, tout seul, à la lumière blafarde de l'aube, il se sentait plus fragile, et la question perdait de son importance.

Il resta allongé sur la mousse, se familiarisant doucement avec l'endroit. Il ne vit pas trace de la cane et il en fut ravi, car il avait la tête dans le coton. Aucun bruit, non plus, ne venait de la grotte de l'ours. Autre bénédiction ! Il ne se sentait pas la force d'affronter la moindre conversation sérieuse pour le moment. Il essaya de se détendre, mais la question que l'ours lui avait posée la veille au soir ne cessait de le tourmenter.

« Qui es-tu ? » L'ours avait visiblement

une bonne raison de lui poser cette question. La réponse lui trottait sur le bout de la langue, mais il n'avait pas pu la formuler. Il avait fait une sorte de blocage intellectuel. Aussi s'était-il réfugié dans le confort de réponses comme « Je ne sais pas » et « Je suis un non-lemming. »

Mais l'ours avait une idée précise en tête. « Restons-en là pour le moment », avait-il dit. Une petite phrase pleine de sous-entendus...

« Restons-en là pour le moment. » Bon. L'ours décidait d'en rester là pour le moment. Il y avait donc une raison à sa venue ici... Il se pouvait aussi qu'il n'y en eût point ! Bref ! Le lemming passerait quelques jours encore à la clairière, la soupe y était bonne, et au moins il reprendrait des forces.

Il se releva avec précaution, s'étira et s'étonna de se sentir en pleine forme ; aucune trace de la maladie qui, la veille, avait mis ses jours en danger. Ni mal de tête, ni rhume. Pas la moindre crampe d'estomac non plus, lui rappelant cette faim tenace, sa compagne depuis des semaines. N'ayant rien à faire, il partit à la découverte des lieux, remarquant au passage que, de jour, la clairière était plutôt belle. Ici, la forêt était moins dense. La clairière se trouvait au sommet d'une colline dont les flancs ondulaient paresseusement. Le soleil filtrait à travers le feuillage des arbres, réchauffant la terre et posant sur toutes choses un éclat irréel.

Aux abords de la clairière, se dressaient çà et là de larges dalles de pierre qui dessinaient une sorte d'amphithéâtre naturel. Il régnait un calme inhabituel ; la tranquillité et le silence laissaient, en cette belle matinée, un sentiment de paix au fond de l'âme. Il poursuivit son chemin après les jeunes arbustes qui bordaient la clairière et se trouva devant un paysage dont la beauté lui coupa le souffle. Très loin, au-delà d'une étendue immense de plaines, de forêts et de vallées, se dressait le ruban blanc d'un massif montagneux dont les sommets enneigés s'étiraient aussi loin que se posait le regard. L'aube nuançait de rouges et de mauves la blancheur bleutée d'une neige scintillante comme le diamant et embrasait l'horizon tout entier.

Le spectacle était féerique. Les montagnes paraissaient très éloignées et cependant, le lemming avait la nette impression de les surplomber. De là où il se tenait, elles lui semblaient plus basses. Or, puisqu'elles étaient enneigées, elles devaient être plus hautes de plusieurs centaines de mètres. Bizarre... Bizarre... Cette impression de dominer des montagnes plus élevées, en réalité...

Décidément, la vie était pleine de paradoxes. Mais force lui fut d'admettre que certains étaient admirables.

Comme il avait de nouveau faim, il reprit le chemin de la clairière, espérant y trouver quelque chose à grignoter, pourvu simplement que la cane lui fiche la paix. Si elle était là-bas, il préférerait encore se priver de petit déjeuner, plutôt que de subir un de ses filandreux sermons. Il se sentait de si bonne humeur qu'il refusait de se laisser traiter comme un gamin, dût-il en avoir des crampes à l'estomac !

Heureusement, la cane n'était pas là quand il arriva. Il se préparait à fouiner dans les caches de nourriture entassées près du chaudron, lorsqu'un gros bâton débaroula des fourrés, heurta le tas de bois, puis repartit à toute vitesse dans les fourrés.

— Qu'est-ce que c'est encore ? dit le lemming qui n'en croyait pas ses yeux.

Il reprit ses recherches, mais quelques

secondes plus tard, le bâton roula de nouveau dans la clairière, il poussa un énorme soupir et devint tout flasque. A sa grande frayeur, le lemming s'aperçut alors qu'il ne s'agissait pas d'un bâton, mais d'un serpent d'une taille impressionnante. Il était étendu de tout son long, le ventre en l'air, le corps si noueux, si déformé, qu'on pouvait aisément le confondre avec une grosse branche d'arbre. Couvert d'éraflures, de plaies, de gerçures, de bleus en tous genres, de crevasses et de bosses, dont une ou deux qu'il devait avoir depuis toujours, il était aussi en train de muer en plusieurs endroits de son corps ; la nouvelle peau apparaissait tendre et fragile. Il se trouvait dans un piteux état ; le lemming n'avait jamais rien vu d'aussi triste. Cependant, en dépit de ces caractéristiques, il s'agissait tout de même d'un boa constricteur de deux mètres cinquante de long... Les poils du lemming se hérissèrent, son corps se raidit des pieds à la tête. Jusqu'à présent, il avait eu la bonne fortune de ne jamais rencontrer de serpent, mais il en connaissait par cœur les comportements. Il décida de fuir aussi vite que possible et partit à reculons. Ce n'était pas une très bonne idée, parce qu'il ne voyait pas sur quoi il posait la patte ; une feuille ou une branche risquait de trahir sa

74

présence, mais il était incapable de quitter le reptile des yeux. Avec mille précautions, il recula de quelques pas, se persuadant qu'il était invisible, et bien qu'il n'ait fait aucun bruit, sentant une présence dans les parages, le serpent tourna la tête dans la direction où le lemming filait à l'anglaise.

— Salut ! dit-il gentiment.

— Bonjour, répondit le lemming.

Le serpent l'examina avec attention.

— Qu'est-ce qui ne va pas ? demanda-t-il.

— Rien, fit le lemming.

— Tu te tiens tout bossu.

— Excuse-moi. Le lemming fit un effort pour prendre un air désinvolte.

— Pourquoi te tiens-tu comme ça ? demanda le serpent.

— Je me tiens toujours ainsi.

— Tu vas attraper des crampes. Ça empêche le sang de circuler. Tu vas être malade.

— Non, je vais très bien, dit le lemming. Je suis parfaitement à mon aise.

Il voulut le prouver mais sa démonstration tourna en une ridicule parodie qui ne trompa personne. Le lemming chercha, sans succès, à décontracter ses muscles. Il resta planté comme une statue de marbre, à sourire bêtement.

Le serpent n'avait pas l'air dangereux,

mais comment en être sûr ? Il était dans un état de délabrement physique avancé, mais c'était peut-être un piège. Il n'y avait aucun moyen de le savoir.

— Tu es souvent malade ? questionna le serpent.

— J'ai mes petites maladies, comme tout le monde.

— Tu es trop nerveux, c'est de là que viennent tes ennuis de santé.

— Ça doit sûrement jouer...

— Non, c'est le fond du problème. Analyse les racines de ton mal, tu verras que tu es trop nerveux.

— J'y penserai, fit le lemming mal à l'aise.

— Pourquoi es-tu nerveux ? demanda le serpent avec froideur.

— Tu veux dire, en ce moment ?

— Oui, précisément. Pourquoi es-tu nerveux ?

— A vrai dire, j'ai rarement eu l'occasion de parler à des serpents, articula le lemming d'une petite voix timide. Peut-être est-ce la raison ?

— Et alors, ça te fait quoi ?

— Oh...Tu sais bien... fit le lemming d'un ton évasif.

— Oui, je sais. Mais je veux savoir si toi tu sais. Alors... ?

— Ben... Ça me rend...Plutôt nerveux... Oui, nerveux, c'est le mot.

— Et pourquoi, à ton avis ?

— Tu le sais bien, hoqueta le lemming la voix nouée. « Mort instantanée »... Ce genre de truc...

— Ah, ah ! le serpent hocha la tête d'un air entendu. Et quand tu me regardes un signal rouge clignote dans ta tête et quelque chose en toi crie « Attention, serpent ! »

— C'est à peu près ça, oui.

— C'est donc bien ton problème.

— Ce n'est pas un problème.

— Ah non ? dit le serpent légèrement agressif. Tu es tout le temps malade, alors !

— Je n'ai pas dit ça, j'ai dit que j'avais été malade. C'est différent.

— En tout cas, c'est la cause de tes ennuis de santé.

— Quoi ? Le lemming s'y perdait. Se sentir nerveux, devant un danger, c'est la cause de mes ennuis ?

— C'est la base de toutes les maladies. Ton cas n'est pas unique.

— Moi j'appelle ça le sens de la survie.

— C'est complètement idiot, fit le serpent.

— Non, ce n'est pas idiot ! explosa le lemming. Regarde-toi. Tu es un serpent ! Quand je te vois, mon esprit hurle « Attention,

serpent ! » A ton avis il devrait plutôt hurler
« Attention, castor ! » C'est ça ?

Il s'emportait malgré lui. C'était dangereux, il le savait, mais il ne pouvait plus
supporter les critiques de tous ces cinglés.

— Tu me fais de la peine, dit le serpent. Je
ne comprends pas que tu sois aussi agressif.

Le lemming crut qu'il allait perdre la
tête, il s'arma de toute la patience dont il
pouvait être capable.

— Je vais t'avouer la vérité, dit-il. Je ne
comprends pas les règles du jeu dans ce
pays-ci. Je suis un rongeur, tu es un serpent,
cela devrait suffire à expliquer mon angoisse.

— Quant à moi, fit le serpent, j'essaie simplement de te faire comprendre que tu ne
te sers pas de tes yeux.

— Toi aussi, tu vas me raconter que tu es
un lion, c'est ça ?

— Regarde-moi. Sers-toi de tes yeux, répéta
le serpent. Je n'ai plus une seule dent. Je
n'y vois que d'un œil. Je suis perclus
de rhumatismes. Je souffre de pleurésie
chronique et je n'ai plus qu'une moitié
d'estomac. Pour couronner le tout, je vis à
la clairière. Je me donne un mal de chien
pour me présenter au monde la tête haute,
pour me tenir droit. Après des années
d'efforts assidus, les choses commencent à

peine à se concrétiser et j'en arrive à croire qu'il n'est pas impossible, après tout, que l'ours sache de quoi il parle. Je ressens même parfois une sorte de paix et de bonheur. J'ai pour amis intimes nombre d'oiseaux et de souris. Et là-dessus, tu te pointes ici, et tu te mets à hurler « Attention, serpent ! » Tu crois que c'est agréable ? Tu t'es demandé si j'étais heureux, moi, d'être un serpent ? Ça ne me plaît peut-être pas d'être un serpent ? Pas plus qu'à toi. Tu y as déjà pensé ?

— Non, murmura le lemming, la tête basse.

— Alors sers-toi de tes yeux, reprit le serpent. Ensuite réfléchis à ce que tu as vu.

— J'essaierai, dit le lemming d'un air piteux.

— Il se passe ici, toutes sortes de choses, dit le serpent. Tâche de rester disponible.

— Je tâcherai, dit le lemming.

— Ce n'est pas mon rôle de te dire ce que tu dois faire. Je ne pense qu'à ton confort et à ton bien-être.

— Je t'en remercie.

Le lemming hocha la tête. Incroyable, il se sentait coupable d'avoir offensé un boa constricteur de deux mètres cinquante de long ! Et il l'avait offensé parce qu'il l'avait traité de serpent !

Le lemming s'écroula sur place ; il avait

besoin d'y voir clair. La réalité avait été trop bousculée ces derniers jours et il se demandait si, à force, il ne risquait pas de retourner à la case départ... Quelle horrible pensée ! Lui qui n'aspirait qu'à une relation de banale camaraderie, à un simple échange de vues sur la météo, à quelque chose de neutre, d'agréable, en somme, sans aucune signification fondamentale.

Le serpent poussa un gémissement sourd et repartit en pivotant vers les fourrés. Il en revint presque aussitôt avec un autre bâton qui atterrit sur le tas de bois.

— Tu ramasses du bois ? demanda le lemming, certain qu'une telle affirmation ne serait pas mal interprétée.

— En effet, dit le serpent.

— Tu travailles aussi pour l'ours ? continua le lemming, s'enhardissant davantage.

— Non, je ne travaille pas *pour* l'ours, je suis *son obligé*, je lui suis dévoué, il est mon idéal, répliqua le serpent en détachant les mots.

— Bien sûr.

Par prudence, le lemming acquiesça. Ils se retrouvaient à la case départ.

— Je ne voudrais pas te paraître tatillon, dit le serpent, mais la distinction est importante. Il y a ici des tâches à accomplir, et chacun de nous s'y emploie.

— Puis-je me permettre de te faire remarquer que ramasser du bois n'est pas forcément un travail qui te convient.

— Et tu suggères quoi ?

Le lemming chercha une idée mieux adaptée à la nature du serpent, mais il ne trouva rien.

— Tu devrais avoir une activité moins « abrasive » ! proposa-t-il. Ce travail t'esquinte tout le corps.

— Je m'arrache la peau parce que je roule sur le sol, pas parce que je ramasse du bois.

— Dans ce cas, pourquoi ne pas te déplacer selon le mode traditionnel ?

— C'est-à-dire ?

— Ton mode traditionnel... Tu sais bien...fit le lemming craignant d'employer un mot qui fasse allusion au côté reptile.

— Tu veux dire « en rampant », dit le serpent d'un air goguenard.

— Oui...

— Je ne pratique plus ce moyen de locomotion, répondit le serpent d'un ton sans réplique.

— Pourquoi ?

— J'y ai renoncé, fit sèchement le serpent. Je suis engagé maintenant dans une autre voie.

— Ça ne me regarde pas, cependant j'ai

l'impression que ça ne te réussit pas très bien.

— Quoi ? De me déplacer en roulant sur moi-même ?

— Certes, mais je pense surtout à cette autre voie dans laquelle tu es engagé. Regarde-toi, tu es tout mâchuré. Tu as l'air d'un vieux chewing-gum. Tu fais pitié !

— Je m'en fiche pas mal !

— Tu te fiches de n'être qu'un vieux tas de chair couvert de plaies et de bosses ?

— Complètement.

— Comment peux-tu dire une chose pareille ?

— Je n'y pense pas. Mon esprit vole ailleurs.

Le serpent roula sur lui-même en gémissant et de sa drôle de manière, il reprit la direction des fourrés.

— Il faut encore du bois, murmura-t-il en s'éloignant.

— Je peux t'aider ? J'ai idée que deux bras ne te seraient pas inutiles !

— Tu l'as dit, bouffi ! J'aurais bien besoin de deux bras et de deux pattes !

— Ce n'est pas ce que je voulais dire, protesta le lemming, craignant d'avoir encore gaffé.

— Tu as raison, j'aurais réellement besoin de deux bras et de deux pattes.

— A ce compte-là, on aurait tous besoin de

quelque chose en plus, dit le lemming en rejoignant le serpent pour l'aider.

— Très juste ! dit le serpent, et se coinçant une branche dans la gueule, il roula sur quelques mètres.

Puis, ayant soudain une meilleure idée, il s'allongea de nouveau sur le dos.

— Je vais souffler un moment. Tu ne m'en veux pas ? Je souffre vraiment trop.

— Je t'en prie, repose-toi. Je vais continuer.

Le serpent poussa un profond soupir et, fermant les yeux, il s'étira de tout son long, posant la tête sur une branche morte.

Le lemming le regarda longuement. Ce serpent avait quelque chose de sincère, de franc, de rassurant ; on pouvait lui faire confiance. Il avait aussi un côté vulnérable, s'avoua le lemming. Ce n'était pas du tout ainsi qu'il s'était imaginé sa première rencontre avec un reptile.

« *Qui l'eût cru ?* » se dit-il en hochant la tête.

Paradoxe d'entre les paradoxes.

Peut-être le serpent pourrait-il lui donner une réponse simple sur ce qui se passait ici, si, toutefois, il réussissait, lui, à formuler une question simple. De toute évidence, il y avait entre le serpent et l'ours un lien, mais la nature de ce lien n'était pas très claire.

« Je ne travaille pas pour l'ours, je suis son obligé. Je lui suis dévoué, il est mon idéal », avait dit le serpent. Quel que soit le sens de cette phrase, « Je suis *l'obligé* de l'ours et je ne travaille pas *pour* lui », il y avait là une subtilité, un jeu de mots. Tout le monde ici pratiquait les jeux de mots.

— Ecoute, dit le lemming, je voudrais te poser une question importante.

— Vas-y, dit le serpent.

— C'est quoi cet endroit ?

— Quel endroit ?

— Ici, où nous sommes.

— C'est une clairière.

— D'accord, mais que se passe-t-il dans cette clairière ?

— Je ne comprends pas.

— Je m'explique. J'étais seul dans mon coin, occupé à crever bien tranquille sous un tas de feuilles mortes sans rien demander à personne. Sans prévenir, un fauve énorme s'est emparé de moi, en m'annonçant qu'un ours voulait me voir. J'arrive ici, l'ours se met à me raconter l'histoire de ma vie, dans ses moindres détails, ensuite, il me demande ce que je veux, il m'hypnotise, enfin je crois, et je commence à lui parler d'un tas de trucs très personnels, qu'en général, on ne raconte pas au premier venu, des trucs que j'aurais pu *penser* mais que je n'aurais jamais dit, ni même cru, tu me suis ? Et puisqu'il connaissait si bien l'histoire de ma vie, il aurait dû savoir aussi ce que je voulais, non ? S'il *pouvait réellement* lire en moi (je n'y crois pas, mais admettons...), le reste coulerait de source ? Le lemming implora des yeux l'aide du serpent. Tu me comprends ? demanda-t-il quasiment sûr du contraire.

Le serpent l'écoutait avec la plus grande attention ; la tête dressée, le regard rivé à celui du lemming, il buvait chacune de ses paroles.

— C'est extrêmement simple, dit-il coupant court à tout ce galimatias.

— J'en suis heureux...

— Tu es à la recherche de ton lion, autrement dit de ton espace intérieur. Voilà pourquoi tu es ici, voilà pourquoi tous, nous sommes ici.

— Je ne suis pas à la recherche de mon lion.

— Ecoute ! s'exclama le serpent agacé. Tu me poses une question, tu veux la réponse oui ou non ?

— Oui. De toutes mes forces.

— Bon, alors écoute-moi ! Rien de tout ceci n'est réel, poursuivit-il.

D'un ample mouvement de tête, il désigna ce qui les entourait.

— Rien de tout quoi ? demanda le lemming abasourdi.

— Tout ça ! Tout ce qui nous entoure.

Le lemming comprit tout de suite qu'il s'était fourré dans un nouveau guêpier.

— Mais c'est quoi alors, si ce n'est pas la réalité ?

— Je vais t'expliquer, dit le serpent. C'est le produit de notre imagination. Nous le fabriquons afin d'éviter de chercher notre lion, qui est le sens profond de la vie. Mais cette réalité-là, personne n'a le courage de l'affronter, sauf l'ours qui, lui, est déjà un lion. Chacun se comporte comme si tout ce que tu vois autour de toi représentait la réalité. Cependant l'ours, dans son infinie bonté, aide ceux d'entre nous qui ont su venir vers lui, à se reconnaître enfin en tant que lion.

— Fascinant, dit le lemming.

— N'est-ce-pas...

— C'est à peu près ce que la cane m'a raconté.

— Ah ! fit le serpent inquiet, elle t'a déjà dit ça ?

— Plus ou moins, oui.

— Mais encore ?

— Peu de choses. Elle a plus ou moins laissé entendre qu'elle était un lion.

— C'est pas vrai ! soupira le serpent.

— Où est le problème ? demanda le lemming. Je croyais que c'était toute l'idée.

— Oui, *c'est* l'idée, mais Marion a toujours tendance à s'emballer.

— Alors, elle n'est pas un lion ?

— Je n'en sais rien. Si elle dit l'être, elle l'est. Qui suis-je pour douter de la sagesse d'une cane ?

— Tu n'as pas l'air de penser ce que tu dis !

Visiblement le serpent était au supplice.

— Elle prend toujours des airs mélodramatiques, grandiloquents. Elle parle trop.

— Ça ne simplifie pas les choses, dit le lemming. Comment être certain, dès lors, que quelqu'un a trouvé son lion ? Je pourrais très bien me balader en clamant partout que je suis un lion ? Que j'ai trouvé mon lion ? Que se passerait-il ?

— Tu mentirais.

— Naturellement, mais qui le saurait ?

— *Toi*. Et l'ours aussi.

— Exact. A condition qu'il soit vraiment un lion.

— Aucun doute là-dessus. C'est un lion.

— Comment le sais-tu ? Comment peux-tu en être sûr ? La cane dit qu'elle est un lion et tu n'as pas l'air de la croire.

— Je ne peux *rien affirmer*. Je n'en serai absolument certain que lorsque je serai moi-même un lion. En tout cas, je *sais* qu'il n'est pas un ours.

— Et peux-tu m'expliquer en quoi il n'est pas un ours ? Il ressemble à un ours, il vit dans une grotte, comme un ours, il est pataud comme un ours. C'est un ours !

— Ce n'est pas un ours !

— Facile à dire, comment le sais-tu ?

— Je le *vois*. Je le *connais*. Il y a en lui des choses qui le distinguent du reste d'entre nous. Crois-moi sur parole.

— Donne-moi un exemple.

— Il crache des oiseaux.

— Et alors ?

— *Il crache des oiseaux ! Réfléchis !* Les souris se blottissent sous ses bras. Réfléchis à ce que ça *signifie*.

— Les souris se blottissent sous ses bras ? demanda le lemming incrédule.

— Parfaitement !

— Je n'ai rien vu.

— N'empêche qu'elles y sont, fais-moi confiance. A ton avis, ça signifie quoi ?

— Ça peut signifier cinquante trucs différents.

— Dis-m'en trois.

— Ça peut signifier...

Le lemming ne trouva pas pour quelle raison particulière des souris iraient se blottir sous les bras d'un ours.

— Je n'en ai pas la moindre idée, avoua-t-il.

— Ah, tu vois ! fit le serpent content de lui.

— Bon alors, ça veut dire *quoi* ?

Le lemming se désespérait d'y voir un peu clair. Tout sombrait à nouveau dans un flou artistique.

Le serpent scruta le lemming avec une attention soutenue.

— Cela signifie simplement qu'il rassure, qu'il émane de lui une chaleur, une puissance. Les rouges-gorges aiment se nicher entre ses mâchoires... Réfléchis ! N'est-ce-pas une sorte de miracle ? Ils s'y sentent à l'abri. Comment te faire comprendre ? Ne vois-tu pas ce que signifie le fait que des oiseaux se sentent en sécurité dans la gueule d'un ours ?

— C'est très intéressant, sans l'ombre d'un doute, dit le lemming. C'est un phénomène très intéressant.

— Le moins qu'on puisse dire, mon cher, le moins qu'on puisse dire ! Sans oublier un fait important : il sait certaines choses ! Tu t'en es rendu compte tout seul ; tu as même admis qu'il connaissait ton passé. Qu'en as-tu conclu ?

— C'est vrai, il connaît mon passé, et après ! Ce n'est pas ça qui en fait un lion !

— Ni un ours !

— Je crains que ce genre de raisonnement ne nous engage sur un terrain glissant...Il aura pu découvrir mon passé de trente-six façons, sans être un lion pour autant.

— Par exemple ?

— D'abord, dit le lemming, ma vie n'est pas si mystérieuse. Il a très bien pu envoyer des émissaires enquêter sur le terrain. Comment savoir ?

— Dans quel but ?

— Est-ce que je sais moi ! s'exclama le lemming. En tout cas, je me suis retrouvé ici. Je songe même à m'installer. Peut-être le savait-il ?

L'argument était faible, il en était conscient. Il sous-entendait que l'ours l'avait fait surveiller durant chaque événement de sa vie, depuis le début. Cette pensée relevait de la folie des grandeurs ; il fut reconnaissant au serpent de ne pas le souligner.

— Décidément ; c'est bien compliqué, soupira-t-il, espérant créer une pause dans la conversation. Il avait mal au crâne.

— Tout est compliqué, dit le serpent, mais la vie à la clairière l'est plutôt moins que tout le reste.

— Dans quel sens ?

— Pense à ta vie passée, par exemple, était-elle simple ? Tu y comprenais quelque chose ?

— Pas grand-chose, je l'admets, pas grand-chose.

— Moi non plus.

— Comment es-tu arrivé ici ? demanda le lemming.

— C'est une longue histoire, dit le serpent.

— J'ai le temps, dit le lemming.

— Eh bien, un jour, commença le serpent, j'étais assis au beau milieu de la jungle, de l'autre côté de la planète, je vaquais à mes occupations, quand soudain un aigle, venu de je ne sais où, me fonça dessus. Je voulus résister, me battre, mais à cette époque j'étais en mauvaise santé, et il était gigantesque. Il n'eut aucun mal à m'attraper et à m'emporter entre ses serres. Nous avons volé des jours et des jours. J'étais complètement décontenancé. Longtemps, je crus que j'allais servir de dîner à sa famille. Mais jamais nous ne nous arrêtions. Nous avons franchi des montagnes, traversé des océans, des déserts, et un jour, beaucoup plus tard, sans raison apparente, il desserra son étreinte et me lâcha. Nous nous trouvions alors à une altitude de sept mille mètres environ, j'étais certain de vivre mes derniers instants, mais je m'en fichais éperdument. Je devais être à moitié évanoui. J'ai heurté le sommet des grands pins que tu aperçois là-bas et j'ai rebondi de branche en branche jusque par terre. Mes blessures étaient si nombreuses que j'aurais dû mourir. Durant des semaines, je fus incapable de bouger. Puis un jour, un opossum m'a découvert et m'a traîné tant bien que mal auprès de l'ours, qui m'a soigné, rendu à la vie, et me voilà.

— C'est à peu près ce qui m'est arrivé, dit le lemming.

— C'est *exactement* ce qui t'est arrivé, dit le serpent radieux. Tout le monde ici a vécu la même aventure. Tu en avais assez d'être un lemming, moi d'être un serpent. C'est pareil pour chacun d'entre nous.

— Ce n'est donc pas agréable d'être un serpent ? Je croyais que vous aviez la situation plutôt bien en main, vous autres ?

— Certains oui, d'autres non, dit le serpent cherchant visiblement à éviter le sujet.

— Qu'est-ce qui t'est arrivé ? demanda le lemming. J'aimerais assez le savoir.

— Je ne tiens pas à en parler. Le serpent se tortillait dans tous les sens, mal à l'aise. C'est une histoire abominable.

— On ne me choque pas facilement, insista le lemming démangé par la curiosité. Ça te fera du bien d'en parler, de te libérer l'esprit.

— Ça ne sert à rien.

— Essaie.

— J'ai déjà essayé. Ça ne m'aide pas.

— Essaie encore...

Le serpent poussa un soupir douloureux, il appuya sa tête contre une bûche.

— Souviens-toi, c'est toi qui l'a voulu.

— Ne t'inquiète pas pour moi.

— Au début, je menais une vie plutôt ordinaire. J'habitais un tronc d'arbre, non loin de la rivière, au milieu de la jungle, et les choses n'allaient pas trop mal. Je n'étais pas très heureux, mais personne autour de moi ne l'était, donc ça n'avait rien de tragique. Bref, je vivais là-haut dans mon arbre, je passais mon temps à méditer sur le sens de la vie et autres lieux communs et, naturellement, il m'arrivait d'avoir faim. Dans ces cas-là, nous, les boas, nous avons tendance à attendre avant d'agir. On laisse la situation « mijoter » une semaine, parfois deux, jusqu'à ce que cela devienne insupportable et... Je suis sûr que tu ne veux pas connaître la suite...

— Si.

Le serpent roula sur le ventre et enchaîna.

— Bref, ce capybara traînait dans les parages...

— C'est quoi un capybara ?

— Un rongeur. Grand. Couvert de poils. Comme les cochons d'Inde, expliqua le serpent.

Le lemming sentit tout de suite que cela ne présageait rien de bon. Il n'aurait peut-être pas dû tant insister pour connaître la suite, mais déjà le serpent poursuivait son histoire.

— Donc, ce capybara traînait par là... Je l'ai attrapé, nous avons lutté un moment, puis je me suis enroulé autour de lui et je lui ai fait ce que les boas font dans ces circonstances, ça l'a calmé. Quand il a cessé de remuer... Le serpent eut un haut-le-cœur... Je ne peux pas continuer, dit-il.

Il fourra sa tête sous un tas de feuilles.

Le lemming imagina facilement la suite, ses poils se redressèrent dans le bas du dos, mais il fallait qu'il entende la fin.

— Allez ! Va au bout ! Allège ton cœur...

— Que veux-tu que je te raconte ? dit piteusement le serpent. Je l'ai mangé. Avalé tout rond. Comme le font tous les boas constricteurs. Soyons clairs.

— Ahhhh ! ! !

Le lemming ne put se retenir de crier. Le cœur lui monta au bord des lèvres.

— Je l'ai donc avalé tout rond, mais quand il est arrivé à mi-chemin dans mon intestin, il s'est produit un truc atroce. Je l'ai entendu hurler. J'entendais ses hurlements venir de mes propres entrailles. Dans ma rage de l'avaler, j'avais négligé de le tuer !

La créature était vivante ! Avec ses besoins ! Ses sentiments !

— Mon Dieu ! murmura le lemming, les quatre pattes vissées au sol, comme pour se retenir de tomber. Oh, mon Dieu !

Il en avait assez entendu. Mais maintenant, le serpent continuait sans qu'on l'y invite.

— Notre lien en cet instant fut si intense, que ses sentiments devinrent les miens, ses pensées, les miennes. Une terreur dépassant tout ce que tu peux imaginer s'empara de moi. Je me retrouvai en état de choc, puis je fus saisi d'une violente nausée.

— Mon Dieu ! répéta le lemming, portant une patte à sa bouche.

— Que pouvais-je faire ? Je l'ai recraché, et je l'ai regardé s'enfuir à travers la jungle !

— Mon Dieu ! Mon Dieu ! s'écria le lemming.

— Oui, dit le serpent, mon *Dieu*, c'est le mot. Lui, il s'en tirait bien, mais ma vie, à moi, était fichue. Me mettre à l'affût, chasser devint impossible. Chaque fois que j'essayais d'attraper une proie, j'entendais au fond de moi les cris de ce maudit capybara, et je m'enfuyais terrorisé. Survivre devint un problème crucial, parce que je ne pouvais plus rien avaler. Je tentais de me nourrir de proies mortes, mais elles me rendaient malade. Je goûtais les noisettes, les marrons, les baies de toutes sortes, le résultat était le même. Je ne me nourrissais plus pour finir que de racines et de fougères, qui me fournissaient à peine de quoi survivre. Mais rien, absolument rien n'arrêtait mes cauchemars. Je vivais l'enfer sur terre, crois-moi.

— Oh mon Dieu ! hurla le lemming, devenu tout vert.

— J'étais submergé par la haine de moi-même, continua le serpent pris par son récit. J'éprouvais un horrible sentiment de culpabilité et d'aliénation. J'étais torturé et misérable. J'entendais sans cesse les cris de ce malheureux capybara me résonner dans le crâne. J'étais incapable d'affronter mes semblables, de me regarder en face. Je ne pouvais plus rien faire. Je souhaitais mourir. Cesser de penser. C'est à ce moment-là que l'aigle est venu me chercher. Je me souviens m'être dit que c'était la conclusion parfaite à une vie étrangement gâchée.

— Oh mon Dieu ! répéta le lemming, respirant avec difficulté. Quelle abominable histoire !

— Tu l'as voulu ! lui rappela le serpent.

— Je sais, mais c'est tout de même l'histoire

d'un rongeur que tu viens de me raconter, bon Dieu !

— Je n'y peux rien. C'est ce qui m'est arrivé.

— Moi aussi je suis un rongeur. Selon toi comment dois-je réagir ?

— Moi j'ai *vécu* cette histoire, toi, tu n'as eu qu'à l'écouter.

— Je sais, je sais. Il leva une patte pour l'empêcher de lui révéler d'autres détails.

— Cette histoire, ne te rappelle rien ? insista le serpent.

— Non, protesta le lemming. Comment serait-ce possible ? Il respira à pleins poumons pour retrouver un peu de calme.

— Ton histoire est la même.

— Tu es fou ! Tu dévores mes semblables et tu oses prétendre que nos histoires se ressemblent !

— Oublie les détails, veux-tu ! s'énerva le serpent.

— Les détails ? Parce qu'à tes yeux, avaler tout rond un membre de ma race, c'est du détail ?

— Qu'est-ce qui te prend ? demanda le serpent très irrité. Tu ne peux pas être *objectif* une seconde ? Ecoute un peu ! Je me tue à t'expliquer une chose précise !

— Désolé, répondit le lemming. Il fit un effort pour se calmer. Tu sais, ce n'est pas le genre d'histoire qu'on entend tous les jours.

— Tu vas m'écouter oui ou merde !

— Oui, pardon.

— J'essaie seulement de te faire comprendre que chacun croit toujours son histoire unique, différente. En tant que lemming, tu étais un raté, puis un jour, comme par miracle, tu as été kidnappé par un couguar. C'est donc la même histoire que la mienne.

— J'admets qu'il y ait des points communs...

— C'est la même histoire, insista le serpent.

— Sur un certain plan oui, dit le lemming, sur un autre, non !

Ce fut le plus beau matin de la vie du lemming. Il ne ramassa pas le plus petit morceau de bois, à peine une brindille par-ci, par-là, dont il se servait comme d'une baguette de chef d'orchestre pour diriger leur conversation. Il n'était plus question de travailler. Les sujets à aborder étaient inépuisables : la vie, la mort, la force, la faiblesse, la musique, l'humour, la nature... Rien ne fut oublié. Et avant la fin de la matinée, la peur viscérale que le lemming ressentait devant les reptiles avait disparu. Il sut aussi qu'il s'était fait un ami.

Le serpent s'appelait Frou-Frou, prénom que le lemming trouva un peu ridicule mais assez adapté.

— Quelle intéressante coïncidence, se contenta-t-il de dire. Le serpent ne releva pas.

— Tout est une coïncidence, dit-il simplement.

— Je ne le crois pas, répondit le lemming.

— Pourquoi ?

— Parce qu'une *coïncidence*, signifie que deux faits sont rattachés entre eux par un processus étrange et exaltant. Ce sont deux événements qui, par hasard, se produisent en même temps, en sorte qu'on soit amené à douter de sa lucidité. C'est ça une coïncidence. Comme si l'espace d'un instant, l'univers entier se liguait contre toi pour te faire une farce.

— D'accord ! dit Frou-Frou. Mais qui peut dire quand ces deux événements se produisent, quand deux choses se recoupent ? Des riens peuvent se recouper sans arrêt sans que personne n'y prenne garde. Par exemple, que je sois un boa constricteur prénommé Frou-Frou peut apparaître comme une coïncidence intéressante, si on croit que ma mère a tiré ce nom d'un chapeau. Mais tu ignores que dans la jungle, la moitié des boas constricteurs se prénomment Frou-Frou, et du coup, il ne s'agit plus d'une coïncidence, mais d'un fait !

— Dans la jungle, la moitié des boas constricteurs s'appellent Frou-Frou ? demanda le lemming stupéfait.

— Non. C'est un exemple.

— Raison de plus ! s'écria le lemming avec fougue, si dans la jungle la moitié des boas constricteurs se prénommait effectivement Frou-Frou, tu imagines quelle incroyable coïncidence ce serait ?

— A moins que quelqu'un ne se soit dit un jour : « Puisque les serpents font un bruit comparable au frou-frou de la soie, lorsqu'ils rampent dans l'herbe et les feuilles mortes, nous appelerons la moitié des boas Frou-Frou ! » Et alors là, bonjour la coïncidence !

— C'est vrai, admit le lemming.

— Presque tout est une question de coïncidence. Tiens, par exemple, deux oiseaux aveugles ne se cognent jamais en vol, n'est-ce-pas là une merveilleuse coïncidence ? Un rocher tombe d'une falaise, toi, tu te trouves environ à cinquante kilomètres de là et tu n'es même pas au courant ! Ça aussi c'est un bon exemple.

— Je vois ce que tu veux dire. Et trois amis qui mangent ensemble ? Pas mal non plus, hein ?

— Oui, jolie coïncidence !

— Ou bien ils se réveillent et découvrent que c'est le matin ?

— Ah, voilà l'une des plus importantes, dit Frou-Frou.

— Pigé ! dit le lemming.

— Il y a une chose importante, dit Frou-Frou. Regarde autour de toi, vois avec quelle fragilité, quelle subtilité tout se tient, combien chaque créature dépend de toutes les autres. Observe aussi que malgré la peur, la bêtise et l'égoïsme qui règnent sur cette terre, les choses continuent d'exister. Voilà bien à mes yeux la coïncidence la plus extraordinaire.

Cette idée transporta le lemming. Son esprit bouillonnait de pensées nouvelles, de concepts nouveaux. Il avait souvent remué ce genre d'idées, quand il était seul, mais jamais il n'aurait osé les prendre au sérieux ou en discuter avec quelqu'un. On lui aurait ri au nez, on l'aurait mis en boîte. Soudain, l'inquiétude se peignit sur son visage.

— Qu'est-ce que tu as ? demanda Frou-Frou. Ça ne va pas ?

— Je ne sais pas, dit le lemming. Tout s'enchaîne à la perfection, jusqu'à ce que je réfléchisse à cette histoire de lion. Là, je bute, je ne vois pas où elle peut coller.

— Donne-toi un peu de temps, dit Frou-Frou.

— Est-ce un concept si subtil, qu'il ne puisse s'expliquer avec des mots ? demanda le lemming.

Le serpent hocha la tête.

— Non, dit-il, le lion est une réalité. Quand tu découvres cette réalité, tu te trouves toi-même et tout dans l'univers devient clair.

Le lemming médita sur cette idée d'un air sombre.

— Pourvu que tu dises vrai. Je le souhaite de tout mon cœur.

— Pourquoi prends-tu un air aussi malheureux ? demanda le serpent.

— Je ne sais pas, dit le lemming mal à l'aise. Tout prend un sens trop lourd, si tu vois ce que je veux dire. Or, rien n'est jamais si clair, ce serait trop facile. C'est contre nature.

— Laisse faire le temps... répéta Frou-Frou.

Ils arrivèrent en retard pour déjeuner.

Tout était déjà desservi et rangé, alors ils avalèrent en vitesse quelques grains de maïs, quelques fougères et ils partirent passer l'après-midi à la ferme.

C'était la première fois que le lemming voyait une ferme. Ce fut une révélation. Il en avait entendu parler, surtout de celles que possédaient certains insectes, comme les fourmis et leurs semblables, dans des coins reculés de la planète, mais voici qu'il en voyait une de ses propres yeux. Des rangées et des rangées d'objets de la vie quotidienne se trouvaient réunis ici avec ordre et méthode. Dire que si souvent dans sa vie il avait perdu son temps à chercher les choses ! Ici, tout était à la fois simple et pratique, il en était émerveillé. Cela dépassait même la maîtrise que chacun pouvait espérer avoir, un jour, sur sa propre vie. Comme la plupart des grandes idées simples, il suffisait d'y penser. Il se reprocha de ne pas y avoir pensé lui-même, ou à défaut un autre lemming, au lieu de gâcher leur vie à creuser des galeries dans n'importe quelle direction, à colporter des ragots, et à se disputer entre eux. S'il y avait eu dans l'histoire de sa race, ne fût-ce qu'une minute de silence, de paix ou d'ordre, *quelqu'un* y aurait pensé.

En plus de toutes ses autres activités, Marion s'occupait aussi de diriger la ferme. Quand le lemming et le boa arrivèrent, elle creusait avec son bec des trous à intervalles bien réguliers où elle déposait des graines qu'elle recouvrait de terre d'un habile mouvement de ses pieds palmés. Le lemming proposa ses services. Marion lui confia la tâche d'arracher toutes les mauvaises herbes qui, de leur propre chef, avaient poussé contre les nouvelles plantes. Il se plongea à corps perdu dans le travail. Au début, il alla beaucoup trop vite, arrachant quelques-unes des jeunes pousses que Marion avait plantées. Après s'être fait grondé deux ou trois fois, il se calma et porta davantage d'attention à ce qu'il faisait. Les plantations étaient alignées en rangs trop serrés pour que Frou-Frou, lui, puisse s'y déplacer, aussi s'occupa-t-il de retirer les pierres et les détritus entassés tout autour du jardin. Il transportait chaque chose une à une, râlant et gémissant à chaque pas.

Il faisait très chaud ce jour-là, et le travail du lemming, pour utile qu'il fût, finit par lui sembler fastidieux. C'était la première fois qu'il exerçait ce genre d'activité. Il n'avait jamais eu l'occasion de répéter les mêmes gestes plusieurs heures de suite et son esprit commençait à en subir les curieux effets. Sa réaction première fut l'agitation puis l'ennui ; de cet ennui naquit une forme de cadence qui, petit à petit, lui parut intéressante car elle donnait une sorte de force tranquille à la monotonie.

Au bout d'un certain temps, cette cadence prit le relais et effectua le travail, toute seule. Il n'avait qu'à bien conserver le rythme. Alors, pendant un quart de seconde, il en oublia qui il était.

Ce fut un moment d'extase.

Saisi d'un soubresaut involontaire, il se retrouva projeté dans le présent. « C'est curieux », pensa-t-il. « C'était très agréable. Très apaisant. » Pourquoi avait-il eu peur ? Il souhaitait plus que tout au monde oublier qu'il était un lemming et, au moment où cela lui arrivait, il avait peur. « Pourquoi ? » se demanda-t-il, sans pouvoir répondre. Quel mystère que l'âme.... Peut-être n'était-il pas suffisamment convaincu qu'autre chose se cachait sous sa personnalité de lemming ? Cette histoire de lion était grotesque, comment un lion pourrait-il se glisser à l'intérieur de son petit corps brun ? Pourtant, il croyait que *quelque chose* occupait son « espace intérieur ». Il y croyait, mais en était-il suffisamment convaincu ? « Bah ! » fit-il pour se rassurer, « après tout je préfère être un lemming malheureux que rien du tout »... Etait-il sincère ? Aurait-il un jour le courage d'aborder le problème de plein fouet pour chercher si autre chose existait réellement en lui ? Oserait-il laisser cette cadence de travail le dominer, lui faire oublier qui il était pour donner le temps à cette chose (si elle existait) de se faire reconnaître ? Mais si cette chose n'était qu'un monstre horrible et maléfique qui, une fois libéré, se retournait contre lui pour le dévorer ? Ou pire encore, s'il ne trouvait rien que le vide ? Un vide sans fond débouchant sur l'infini ? Il secoua la tête avec violence pour chasser toutes ces étranges pensées. C'était la première fois de sa vie qu'il songeait à des trucs pareils. Est-ce qu'il devenait fou ? Etait-ce le résultat de sa vie de fuite ? Il n'avait peut-être pas couru assez vite ? Ces pensées-là tourmentaient-elles aussi tous les êtres qui avaient connu dans leur vie d'autres sensations que la fuite et la peur ? Les faucons pensaient-ils à ces choses-là lorsqu'ils planaient avec élégance dans les airs ?

Un cri horrible s'échappant des entrailles de Marion fit sortir sans ménagement le lemming de ses réflexions. Il se retourna pour voir si elle n'avait pas été prise d'un brusque malaise. Non. Elle était toujours occupée à creuser des trous et à les reboucher avec entrain. Que faisait-elle ? Elle ne chantait pas tout de même ? On ne pouvait pas appeler ça chanter, même pour un canard ! Il écouta plus attentivement et conclut que ce devait être sa version à elle du « cri libératoire ». C'était un bruit discordant, monotone, nasillard, qui ébranlait les environs de vibrations désagréables. Une piètre imitation de l'ours, car sans aucun doute, la cane essayait à son tour de s'épousseter le cerveau, de se remettre les idées en place. La tentative semblait légèrement superflue. D'après le lemming, elle avait déjà le cerveau fêlé et si elle s'entêtait à pousser son cri, la cervelle finirait par lui dégouliner du crâne, comme de l'eau !

— CouCouach... ! CouCouach... ! s'égosillait-elle sans interruption.

Le lemming souhaita vite que son propre crâne éclatât afin de ne plus l'entendre hurler. Il s'éloigna d'elle autant qu'il put. Peine perdue. Son organe avait la même puissance, quelle que fût la direction dans laquelle elle se tournait pour crier. Il se boucha les oreilles avec des haricots. La stridence du cri infiltra les tympans, lui vrilla le crâne, le transperça jusqu'au bas-ventre.

« Elle le trouvera son lion ! » pensa-t-il, « mais pas comme elle se l'imagine... » Aucun lion, digne de ce nom, n'accepterait un tel tapage sans la réduire au silence.

En désespoir de cause, il tenta d'annuler sa présence en utilisant sa propre voix. Il entonna toutes les chansons qu'il connaissait. Cela ne l'aida pas beaucoup. Alors, en signe de représailles, il inventa un cri de son cru. Lorsque la voix du lemming atteignit le même niveau de décibels, les effets dissonants du cri de la cane s'estompèrent. Ce phénomène le surprit. Comment, mélangé à celui de la cane, le timbre de sa voix réussissait-il à créer un son si différent ? Sans être beau, ce son avait au moins le mérite d'atténuer les fausses notes de la cane, de les rendre moins agressives et de donner à ce duo une harmonie. En quelque sorte...

« Voilà un concept intéressant »... pensa-t-il. Son esprit s'échauffait. Comment le baptiserait-il ? *Loi de vibration due à la résonance,* peut-être ? *Harmonie des vides de l'aliénation mentale* ? Ou quelque chose d'approchant. Il se promit d'approfondir cette idée un peu plus tard, quand le soleil serait couché et ne lui brûlerait plus la peau, qu'il n'aurait plus mal au dos à force de rester courbé. Lorsqu'il aurait retrouvé un peu ses esprits.

Il y eut deux visages nouveaux au dîner. Une timide opossum, au sourire impénétrable, nommée Ida et Gwen, une biche ravissante, qui passa la soirée assise seule à la lisière de la clairière. Elle regardait tout, écoutait tout, mais ne participait à rien. Si quelqu'un accrochait son regard, elle grattait le sol d'un mouvement nerveux puis détournait la tête. Une sorte de mur invisible sur lequel s'inscrivait « Défense de toucher » se dressait autour d'elle.

L'opossum était chargée de donner à manger à Frou-Frou. Le lemming avait rarement vu un spectacle aussi insolite. L'opossum avait ramassé de son mieux le long corps de Frou-Frou, elle le tenait calé entre ses pattes et lui donnait la soupe à la becquée comme à un bébé. C'était vraiment étonnant, et le lemming en ressentit quelque inquiétude pour son nouvel ami. Il eut l'envie de crier « Qu'est-ce qui se passe ici ? Pourquoi ne manges-tu pas comme tout le monde ? » Mais l'opossum et le serpent semblaient si paisibles, si naturels qu'il se ravisa. « Tais-toi ! Apprends ! » se reprocha-t-il. « Tôt ou tard, tout s'éclaircira ». Il devait garder l'esprit ouvert, il l'avait promis à Frou-Frou. Et puis, il fallait de tout pour faire un monde ! Un peu gêné, malgré tout, il s'efforça de regarder ailleurs.

— Dis-moi, demanda l'ours en avalant sa dernière cuillerée de soupe, comment t'appelles-tu ?

L'ours n'avait pas dit un mot de tout le dîner, et sa question brisant le silence tira brutalement le lemming de ses réfléxions.

— Pardon ? fit-il.

— Ton nom ? Comment t'appelles-tu ?

— Bubber, dit le lemming.

— Ah, oui... Bubber... Ta sœur t'appelait ainsi avant de pouvoir prononcer « frère »*.

— C'est exact.

— Mais ce n'est pas ton vrai nom.

— Non, mon vrai nom est Herman, mais je ne l'aime pas beaucoup.

— Intéressant. Mais très mauvais signe.

— Comment cela ?

* en anglais, frère se dit brother.

— Réfléchis. En espagnol, Herman signifie
« frère » ou plutôt *hermano* signifie
« frère », ce qui est presque pareil, Hermano... Herman...

— Presque, dit le lemming.

— C'est pareil, dit l'ours. C'est exactement
pareil. A part le « o », c'est le même mot.
Tu te trouves donc dans une situation
amusante. Ton vrai nom signifie « frère »,
et on t'a appelé « Bubber » parce que ta
sœur n'arrivait pas à dire « frère ». Tu ne
t'es jamais demandé pourquoi ?

— Non, jamais.

— Eh bien, penses-y désormais, dit l'ours.
Tout s'oriente dans la voie de la fraternité,
puisque nous sommes tous sensés devenir
frères, ou frères et sœurs. Toi, tu es déjà
engagé dans la bonne direction.

L'ours se laissa un instant bercer par la
beauté des mots et des symboles, puis il
revint à la charge.

— Et le « o », dit-il d'une voix tourmentée,
il ne faut pas oublier le « o » !

— Oui ! s'écria Frou-Frou. Le « o » de hermano.

— Oui ! Le « o » de hermano. Qu'est-ce
donc ?

— La lettre parfaite, dit Frou-Frou.

— Exactement, dit l'ours, la lettre parfaite.
Le « o » contient toutes choses.

De la patte, il dessina un gros « O » dans l'espace.

Tous opinèrent du chef, d'un air docte, méditant sur le nom du lemming et sur la lettre « O ». Le calme revint. Le lemming eut le sentiment qu'ils attendaient qu'il fasse une remarque.

— C'est bon à savoir, fit-il.

— N'est-ce-pas ! dit l'ours. C'est bon, en effet. Nous t'appellerons donc Bubber ! conclut-il, se frappant le genou d'un grand coup de patte. Qu'en penses-tu ?

— Ça me convient tout à fait.

— C'est une lourde responsabilité, tu sais, reprit l'ours d'un ton grave, ton nom est un phare, il faudra être à la hauteur.

— Ça ne me fait pas peur.

— J'ai confiance.

Heureux, l'ours laissa rouler sa tête sur le côté, s'abandonnant à une vision peuplée de noms, de lettres à expliquer, de responsabilités à tenir. Revenu de ses réflexions, il se leva et repartit vers la grotte de son pas traînant.

Frou-Frou, Ida et Marion suivirent l'ours du regard jusqu'à ce qu'il disparaisse dans l'obscurité. L'amour et l'admiration illuminaient leurs visages.

Frou-Frou secoua la tête, époustouflé.

— C'est quelque chose, hein ? dit-il à Bubber.

— C'est bien vrai, répondit Bubber.

— Maintenant tu as un nom.

— Comment ça ? J'ai toujours eu un nom.

— Faux, dit Frou-Frou. C'est seulement quand l'ours te donne un nom que tu en as un. Jusqu'à présent ce n'était qu'une sorte de galimatias, une erreur des parents. Un garde-fou, un hasard. Lorsque l'ours te donne un nom, c'est une constellation lancée vers l'avenir.

— Mais, il n'a rien fait. Il m'a donné le nom que j'avais déjà.

— Il a consacré le nom que tu portais. C'est exactement comme s'il t'en avait donné un.

— Dans quel sens ?

— Il aurait pu en être autrement, dit Frou-Frou. Il aurait très bien pu t'appeler Charles, Morton ou Dieu sait quoi...

Et c'était reparti ! Il sentit à nouveau le sol se dérober sous lui. Ce matin, la discussion s'était maintenue un certain temps sur un terrain solide, mais c'était ce matin et une fois de plus, tout risquait d'être remis en question.

— Quel est le problème concernant nos noms habituels ? demanda Bubber.

— Finalement, il n'y en a pas, dit Frou-Frou. Nous avons beaucoup de chance. Le

115

destin nous a tous conduits en ligne droite, directement de la naissance là où nous en sommes aujourd'hui. Il aurait pu en être autrement.

— Absolument pas ! répliqua Bubber.

— Naturellement si ! insista Frou-Frou.

— Comment pourrait-il en être autrement ! s'écria Bubber. Comment les choses pourraient-elles être différentes de ce qu'elles sont ! Elles sont comme elles sont ! Voilà tout !

— De ton point de vue, peut-être, mais imagine que tu partes d'un mauvais raisonnement, essaie une seconde de voir les choses sur un autre plan, d'envisager la possibilité, je dis bien la simple possibilité que la réalité dépasse de loin tout ce que tu es capable de concevoir actuellement.

Bubber s'apprêtait à répondre, quand son regard s'attarda sur le serpent assis en face de lui, sur le pauvre corps malade couvert de plaies, de bosses, de gerçures, sur ce malheureux reptile, incapable de manger sa soupe sans baver, qui se blottissait comme un nouveau-né entre les pattes de l'oppossum et il ne put s'empêcher de rire.

« Bon Dieu ! » pensa-t-il, « nous sommes tous cinglés ! »

— Qu'est-ce qu'il y a de drôle ? demanda Frou-Frou.

Bubber chercha comment le lui expliquer. En vain. Une goutte de soupe avait dégouliné le long du menton de Frou-Frou et formait comme un petit lac dans un pli de l'estomac d'Ida. Cette image amusa tant Bubber qu'il se prit le ventre à deux pattes et se roula dans la poussière en éclatant de rire comme un forcené.

— Qu'est-ce qu'il y a de si drôle ? répéta Frou-Frou que cela n'amusait pas du tout.

— La vie ! s'écria Bubber, la vie est une provocation continuelle, Frou-Frou !

— Et ça t'amuse ? demanda Frou-Frou désireux de poursuivre la discussion.

Bubber faillit s'en étouffer de rire. La terre, la poussière maculaient son visage, un long brin de paille lui sortait du nez. Frou-Frou s'efforçait désespérément de rester digne, mais l'aspect de Bubber ne lui facilitait pas les choses.

— Tu es ridicule, lança-t-il plein de mépris.

— Elle est bien bonne, Frou-Frou ! Bubber riait à perdre haleine. Je n'ai jamais rien entendu de plus drôle.

Il commença à avoir mal partout tant il riait fort. Il en avait des crampes d'estomac, des larmes roulaient le long de ses joues. Frou-Frou ne résista plus.

— Arrêtez tout de suite ! s'exclama Marion.

Son désir de les calmer ne fit que les

exciter davantage. Bubber était au bord de l'apoplexie. Frou-Frou était secoué, malgré lui, d'éclats de rire de plus en plus violents, dont les vibrations chatouillaient le ventre d'Ida qui se laissa gagner par les rires d'un air gêné. Les soubresauts de son estomac bringuebalaient la tête de Frou-Frou en tous sens, si bien qu'il finit par perdre l'équilibre et par glisser. Le mal qu'il se fit en tombant lui arracha un gémissement. Quant à Bubber, il riait si fort qu'il manqua vomir. Ses crampes d'estomac devenaient de plus en plus douloureuses, mais il ne pouvait pas s'arrêter de rire. Ses grimaces de souffrance étaient si comiques, qu'elles déclenchèrent l'hilarité de Marion.

Elle éclata d'un rire suraigu qui effraya Ida et excita Frou-Frou de plus belle. Et quand Ida tomba cul par-dessus tête, Bubber atteignit le comble de l'hystérie.

Ils se roulèrent dans la poussière, en se tire-bouchonnant comme des possédés, se cognant les uns dans les autres, crachant de la terre, se tenant les côtes à pleines pattes, secoués de spasmes irrésistibles. Ils étouffaient, ils hoquetaient, les larmes creusaient de profonds sillons dans leurs visages sales. L'insoutenable cri de crécelle de Marion orchestrait leur délire.

Lorsqu'ils se calmèrent enfin, à bout de

forces, ils restèrent immobiles, les yeux perdus dans les étoiles. Puis un à un, ils s'enfoncèrent dans le sommeil, sans avoir bougé d'un pouce. Avant de s'endormir, le dernier, Bubber posa un regard attentif sur la famille insolite, au sein de laquelle il avait échoué. « Ils sont tous cinglés », pensa-t-il. « Tous sans exception. » Mais déjà, il les aimait bien. Ne serait-ce que pour cette seule raison, il valait la peine de rester à la clairière. Il contempla le pin majestueux sous lequel il s'était reposé la veille et sentit le besoin impérieux de retourner auprès de lui. Il alla se blottir contre ses racines, au creux d'un coussin d'aiguilles que l'arbre, plein d'égards, avait déposé à son intention.

« Arbre », lui dit-il, « fais que tout ceci soit réel. Il *faut* que tout ceci soit vrai. Il n'existe pas d'autre endroit pour moi sur cette terre. Ici, le sens des choses est fragile, je ne suis même pas très sûr qu'elles aient un sens, mais je sens le goût d'une certaine recherche, je sens qu'il règne une vraie gentillesse. S'il n'y a pas de place pour moi en ce lieu, alors je crains qu'il n'y en ait nulle part. Je t'en supplie, Arbre, fais que cet endroit soit réel. »

C'est ainsi que Bubber s'installa à la clairière. Il ignorait combien de temps il y resterait. Il ne croyait pas sincèrement qu'un lion vivait caché en lui, et d'ailleurs, lorsqu'il réfléchissait à cette idée, elle lui paraissait d'une telle absurdité qu'il s'interrogeait sur la bonne santé mentale de ses compagnons. Aussi évitait-il de son mieux de laisser ses pensées se perdre dans les mystérieux méandres de son esprit. Au fond, l'important n'était-il pas qu'à la clairière, il était heureux ; si les autres étaient tous cinglés ce n'était pas grave. Envisager les choses différemment ne menait à rien et ne faisait qu'accroître ses angoisses. De toutes façons, il n'avait pas le choix, il ne pouvait aller nulle part ailleurs. Ainsi mieux valait montrer un certain respect envers les convictions de ces doux dingues, devenus sa famille. Les jours où il balayait avec succès de son esprit ses doutes et ses craintes, il partageait plein d'enthousiasme la vie de la clairière.

Ces jours-là se révélaient d'une intensité qui le surprenait chaque fois. Il était souvent frustré, souvent troublé, mais il ne s'ennuyait jamais. Jamais il ne se sentait seul et son sens des valeurs était sans cesse mis à l'épreuve. Il se passait plus de choses ici, en une heure, que durant les mois où il avait vécu parmi les lemmings. Que la découverte du fameux lion couronne ou non ce travail de recherche de soi, ne le tracassait pas outre mesure.

D'autres miracles avaient lieu.

Cet endroit abritait des mammifères, des oiseaux, des serpents qui luttaient ensemble, transpiraient et riaient ensemble ; ils étaient heureux ensemble, enfin presque toujours. C'était sans aucun doute une situation exceptionnelle au royaume des animaux.

Il y avait bien de temps en temps quelques conflits, quelques intrigues, quelques disputes, mais le lien qui les unissait était beaucoup plus profond que tous ces petits désaccords. Parce qu'il ne cherchait pas son lion avec assez de persévérance, Bubber saisissait mal la nature de ce lien. Cependant, au dire de l'ours, le jour où il serait débarrassé de ses instincts de lemming, il y aurait enfin place pour la « sagesse cosmique du lion » et il comprendrait alors sans difficulté un tas de choses encore trop complexes pour son esprit étriqué. Des choses comme le lien qu'il partageait avec les autres animaux de la clairière.

L'ennui pour Bubber, c'est que l'ours ne se montrait pas souvent. Il passait beaucoup de temps terré dans sa grotte ; certains soirs, il errait une partie de la nuit dans la forêt à bougonner ; d'autres fois il se joignait à eux pour un repas, mais dans ces cas-là, il n'avait visiblement pas envie d'aborder les angoisses métaphysiques de Bubber. S'il ouvrait la bouche, c'était en général pour dire un mot sur la soupe, expliquer pourquoi tel ingrédient était bon, ou tel autre mauvais, pourquoi certains aliments devaient se consommer de préférence le matin, et d'autres le soir, et pourquoi le « cri libératoire » devait se pratiquer durant la préparation des repas. Ces discours-là n'intéressaient pas du tout Bubber. A son avis, ils n'avaient pas le moindre rapport avec ses problèmes existentiels, qui eux, ne semblaient pas beaucoup préoccuper l'ours. Chaque fois que Bubber essayait timidement de poser une question sur le sens profond de la vie, l'ours se mettait à pousser le cri ou bien il s'abandonnait à ses rêveries. D'ailleurs, dans ces moments-là, Bubber le soupçonnait fortement de s'endormir, même si les autres affirmaient qu'il entrait alors en contact étroit avec son lion et que c'était un honneur sans nom de contempler l'ours dans cet état. Toutes ces manifestations laissaient Bubber très sceptique. Il préférait se mêler le moins possible à ces discussions sur le lion. Un jour, par faiblesse, il avoua à l'ours ne pas croire qu'un lion puisse vivre en lui.

— Si tu crois que ça l'inquiète ! avait rétorqué l'ours.

Puis, un jour, vint l'angoisse qu'un lion se cache réellement en lui. Il lui arrivait de se dire, lorsque rien d'autre ne le préoccupait : « Si je réussis ce travail sur moi-même, si le lion surgit et qu'il remplisse sa destinée, qu'adviendra-t-il du dénommé Bubber ? Où irai-je ? Est-ce que je me dessècherai et je mourrai ? Ne suis-je là que pour servir de nourriture à un lion ?

Toutes ces questions lui causaient une vive inquiétude et personne ne semblait désireux de l'aider. L'ours, qui savait tout soi-disant, ne lui parlait pas. En revanche, les autres, qui admettaient tous ne pas être encore des lions, étaient ravis de discuter des heures et des heures. Ils avançaient des théories, citaient de multiples exemples mais ils ne possédaient aucune preuve solide.

— Un jour, dit Marion, j'ai senti quelque chose remuer en moi. Je suis sûre que c'était le lion qui voulait sortir.

— Comment sais-tu qu'il s'agissait du lion ? demanda Bubber.

— Je le sais, voilà tout. C'était une expérience nouvelle, une sensation que je n'avais jamais éprouvée auparavant, dit-elle. J'ai senti une sorte de brûlure à l'intérieur de mon corps et j'ai même cru que j'allais mourir.

— Ça m'est arrivé plusieurs fois, dit Bubber. Ce sont des brûlures d'estomac, ou de l'acidité, liées à une mauvaise digestion.

— Tu ne comprends rien.

— C'est vrai.

— Ne t'en vante pas trop.

— Je ne m'en vante pas.

— Si ! Tu es persuadé qu'en répétant partout que tu ne comprends rien à rien, ça prouve combien tu es intelligent.

— Mais c'est faux ! protesta Bubber avec véhémence. Je ne comprends vraiment rien à rien.

— Je sais, dit Marion. Mais tu ne devrais pas l'avouer si souvent.

Bien qu'il ait réagi avec dignité, Bubber fut très blessé par la remarque de Marion, et il l'ajouta à la longue liste de sujets qu'il devrait aborder avec l'ours si, toutefois, il réussissait à lui parler seul à seul.

Bubber commençait à peine à accepter l'idée que rien ne serait jamais clair, qu'il passerait sa vie à discuter des heures durant de trucs auxquels il ne comprenait rien, lorsqu'un beau matin, Marion annonça qu'elle avait une merveilleuse nouvelle à leur communiquer.

L'ours allait donner une conférence sur le sens de la vie.

C'était un événement assez rare, il se produisait, en général, quand l'ours se sentait en pleine possession de ses moyens, et donnait toujours lieu à de grandes réjouissances qui nécessitaient d'importants préparatifs, car bien qu'il n'y ait jamais d'annonce officielle, la nouvelle se répandait comme une traînée de poudre et les visiteurs affluaient de toute la région.

— Ça va être bien ! dit Frou-Frou à Bubber avec entrain. S'il avait eu des pattes il les aurait frottées l'une contre l'autre de satisfaction. Nous allons enfin connaître le sens de la vie, le fin mot des choses.

— Ce n'est pas trop tôt ! s'exclama Bubber qui attendait des miracles.

Chacun se mit au travail. Ils nettoyèrent, ils décorèrent, ils réunirent de la nourriture en vue de cet événement. Ce n'était pas tâche facile, car il n'y avait aucun moyen de savoir qui viendrait, ni quel était le plat préféré de chaque visiteur. Marion, chargée d'organiser les repas en ces occasions, planifiait une variété de menus, en espérant que chacun trouverait son bonheur. Ils allèrent ramasser des tonnes de baies, de noix, de racines comestibles, de fougères, de morceaux d'écorces et de fleurs, de la mousse et des bourgeons, des jeunes pousses et des tubercules.

Frou-Frou et Bubber partaient souvent tous les deux.

Marion et Ida faisaient de même.

Lorsqu'ils se sentaient heureux et bien dans leur peau, ils partaient tous les quatre. Selon son habitude, Gwen se montrait serviable et polie, mais toujours silencieuse, toujours distante. Si elle parlait, c'était d'un ton cassant et inaudible. Elle était vraiment déprimante. Surtout dans une période pareille, où l'atmosphère était à la fête et l'avenir plein d'espoir.

Bubber se sentait si optimiste qu'un jour,

de frustration, il s'approcha d'elle et lui colla une grande claque sur les flancs.

— Alors Gwen, et la conférence ? Qu'est-ce que tu en penses ? On va enfin connaître le sens de la vie ?

Gwen détourna la tête, murmura quelques mots et s'enfuit au petit trot. Bubber hocha la tête, consterné. « Un jour je la ferai réagir pensa-t-il. Je forcerai son enthousiasme, je l'obligerai à montrer qu'elle appartient à notre groupe. »

Agacé par l'attitude négative de Gwen, il alla interroger Frou-Frou.

— Qu'est-ce qui la ronge ? Pourquoi est-elle si poseuse ?

— Je ne sais pas, répondit Frou-Frou. Un chagrin secret doit alourdir son cœur. Tous ceux qui atterrissent ici ont un secret coincé au fond d'eux-mêmes, qu'ils n'arrivent pas à digérer, un problème qu'ils sont incapables de dominer.

— Elle agit comme si elle était seule à avoir des problèmes.

— Elle doit tellement se ronger qu'elle en devient aveugle à la souffrance des autres. Accorde-lui un peu de temps, un peu d'indulgence.

Bubber essaya de se montrer plus indulgent à son égard, mais c'était difficile. Il chercha à comprendre son chagrin, mais il ne parvint à voir en elle qu'une créature hautaine et snob.

— Continue, insista Frou-Frou. C'est très important, la compassion.

Il avait sans doute raison. Bubber lui demanda s'il éprouvait de la compassion pour Marion.

— A mon avis, Marion n'a pas besoin de compassion, dit Frou-Frou.

— De quoi a-t-elle besoin ?

— D'un bon coup de pieds aux fesses !

— Tu crois que ça lui ferait du bien ?

L'agressivité de Frou-Frou inquiéta Bubber.

— Ça lui remettrait les idées en place. Ça la ferait réfléchir.

— Peut-être, mais pas forcément dans le sens où, toi, tu voudrais qu'elle réfléchisse. Elle penserait simplement que tu es cinglé. De toutes façons, quel est son problème à elle ?

Frou-Frou resta muet un instant, puis décida qu'après tout le problème de Marion ne méritait pas qu'ils perdent leur temps. Néanmoins, à son avis, certains êtres avaient besoin de compassion comme d'autres d'un bon coup de pieds aux fesses !

— D'accord ! Mais qui décide ? demanda Bubber. Qui décide qui mérite quoi ?

Frou-Frou ne sut que répondre.

Bubber aimait bien aller cueillir des noix et des baies pour le grand événement. Il travaillait bien plus qu'il n'était nécessaire. Il attendait la conférence de l'ours avec une profonde impatience et il espérait de tout son cœur que tout ce que l'ours dirait ce jour-là l'aiderait à se débarrasser de ses peurs, de ses doutes, de ses inquiétudes.

Depuis son arrivée à la clairière, il était heureux comme jamais auparavant. C'était une certitude absolue. Mais il manquait de confiance. Lorsqu'il approfondissait trop un sujet il en concluait qu'ici les principes fondamentaux reposaient sur du vent. C'est vrai, non ? Des lions, vivre cachés en chacun de nous ? Quel être sensé pouvait croire à un truc pareil ? C'était une idée tirée par les cheveux et qui, d'un point de vue rationnel, n'avait aucun sens. Pourtant, aussi absurde que soit cette idée, quand il était seul, il feignait parfois d'y croire, juste pour voir l'effet produit. Il marchait à grandes enjambées, en se pavanant, le torse bombé, il essayait même de rugir comme les lions, ou du moins tels qu'il se les imaginait. Une fois ou deux, il essaya aussi de ronronner, mais ce son-là s'apparentait de manière curieuse au cri libératoire de l'ours, aussi se persuada-t-il que le cri n'était pas autre chose qu'une tentative pour imiter le lion.

Frou-Frou lui affirma qu'il avait tort, que le cri libératoire n'avait rien de commun avec un ronronnement, et qu'il n'était pas nécessaire d'imiter le lion pour le devenir.

— Débarrasse-toi simplement de tout ce que tu es, et le jour de son choix le lion t'apparaîtra dans toute sa splendeur.

— Peut-être as-tu raison, dit Bubber, mais si je l'imite souvent, je serai habitué à lui et quand il m'apparaîtra le choc ne me tuera point.

L'ours passait maintenant presque tout son temps dans sa grotte. Parfois son cri éclatait à travers la clairière comme un coup de tonnerre, renversant çà et là des objets. Bubber se demandait avec curiosité ce qu'il pouvait bien fabriquer tout seul dans le noir, durant de si longues heures. Il est vrai que l'hiver les ours hibernent. Oui, mais l'ours n'hibernait plus puisqu'il était lion, et s'il n'était pas en train de pratiquer le cri, il faisait suffisamment de bruit pour prévenir tout le monde qu'il était levé et occupé. Occupé à quoi, c'était une autre histoire ! A chacun de le deviner. Tout le monde se posait la question, mais pour une raison ou pour une autre, personne n'avait jamais osé la lui poser personnellement.

Le jour de la conférence arriva enfin. Le premier invité fut A. J. Turner, un impressionnant vautour, dont les manières étaient timides et effacées. Très jeune, il s'était révolté contre ce que les autres vautours nommaient leur nourriture. Enfant déjà, il trouvait morbides et dégoûtantes les habitudes de ses semblables. Lorsqu'il en parla dans sa famille, ses parents se moquèrent de lui et le tournèrent en dérision. Alors un matin, de bonne heure, il quitta la maison familiale, mais il découvrit vite que les autres animaux de la planète n'appréciaient guère sa compagnie. Il n'était pas dangereux, ni sale, ni même désagréable, simplement lorsqu'il était là chacun devenait terriblement conscient de son ultime destination. C'est ainsi qu'il se retrouva proscrit. En plus, son régime alimentaire ne lui convenait pas. Pour cette raison, la peau rouge écarlate de son crâne pelait, s'écaillait et il perdait ses plumes, déposant autour de lui une sorte de tourbillon de neige poudreuse. Il se rendait bien compte des effets que son aspect extérieur avait sur les autres, il était habitué aux hoquets et aux murmures et, comme il était timide, les années passant, il avait toujours l'air de s'excuser de n'être pas invisible. Cependant, il se savait bienvenu à la clairière et il revenait voir ses amis plusieurs fois l'an. Chaque fois, Marion et Ida le pressaient de rester, mais son besoin de solitude, sa curiosité de la nature des choses le poussaient vers une vie d'errance. Il était récemment rentré d'un séminaire proposé par un groupe de dauphins intitulé « Danser sa vie ». A peine arrivé à la clairière, il passa la moitié de la matinée à leur raconter les prodiges réalisés dans ce domaine. Malgré sa timidité, c'était un merveilleux conteur. Il savait tenir les autres en haleine en leur décrivant tout ce qui se passait dans le monde.

Peu après lui, arrivèrent les petits oiseaux ; une bande bruyante de moineaux et de mésanges. Ils se posèrent par petits groupes, peu à la fois, s'envolant presqu'aussitôt, prétextant qu'ils ne faisaient que passer, que se reposer quelques minutes avant de repartir ailleurs. Très imbus d'eux-mêmes, ils ne remercièrent même pas leurs hôtes. A. J. Turner les regarda partir et hocha tristement la tête.

— Regardez-moi ces têtes de linotte ! Ils viennent chercher des sensations fortes. Ils se moquent pas mal du sens de la vie. Tout ce qu'ils veulent, c'est glaner quelques cancans pour amuser d'autres écervelés de leurs amis. Ils n'ont pas la moindre intention de tirer leçon de ce qui se dira ici. Ils ne comprennent pas que la conférence n'aura de valeur que si nous sommes résolus à approfondir des propos que la réunion n'aura fait qu'effleurer. On ne peut découvrir le sens de la vie qu'à travers l'effort et le combat. D'ailleurs, c'est peut-être justement là, le sens de la vie. J'espère que non, mais c'est possible. Quoi qu'il en soit j'ai hâte d'entendre l'ours, car il y a au moins une chose dont je suis sûr, si la vie a un sens, lui l'a trouvé.

— Comment le sais-tu ? demanda Bubber.

— Son combat est achevé, dit A. J. Il *est* tout simplement. Il est la seule créature que je connaisse qui *soit*.

Bubber estimait que ce n'était pas si simple, mais il se tut.

Un lourd froissement d'ailes annonça la venue d'un vol de corbeaux. Au contraire des petits oiseaux, ils restèrent silencieux, se posant comme des sentinelles au faîte des arbres alentour en observateurs attentifs. Bubber avait une grande affection pour les corbeaux, il sourit à leur arrivée. Il les observa longuement, cherchant parmi eux le visage de son cher vieil ami, mais ne le découvrit point. Après les corbeaux, ce fut le tour d'une famille de renards. La mère, le père et quatre ravissants renardeaux, passionnés par tous et tout et qui, bon public, savaient rire aux moments propices. Soudain, Couguar apparut en roulant des mécaniques, flanqué de deux blaireaux qui avaient l'air très désagréable. Couguar s'arrêta en lisière de la clairière, fier et hautain, quant aux blaireaux, ils se dirigèrent droit vers le buffet. Ils se servirent de tout en quantité astronomique, ils s'empiffrèrent comme des goinfres sans s'arrêter, laissant des miettes partout. Ida et Marion les suivaient pas à pas, en bougonnant, nettoyant derrière eux, tout en s'efforçant de retenir leur mauvaise humeur.

— Pourquoi ronchonnes-tu Marion ? demanda Frou-Frou.

— Mais regarde-les ! Ces blaireaux ! Ils se fichent pas mal de l'ours ou du sens de la vie. Ils ne sont venus que pour s'empiffrer.

— Ils trouveront peut-être le sens de la vie

malgré eux, sans le vouloir, fit Frou-Frou.

— Ça leur ferait les pieds ! grogna Marion. Et Romo, glissa-t-elle mine de rien, qu'est-ce qu'il fabrique ? Qu'est-ce qu'il veut ?

Frou-Frou jeta un œil vers le couguar.

— Il cherche un os à ronger. Peu importe ce que dira l'ours, Romo trouvera le moyen de démontrer qu'il a tort. Vous verrez bien.

— Pour l'amour du ciel, ça vous coûterait tant d'être un peu gentils ? se plaignit Bubber, irrité par ces mesquineries. Il s'agit d'une réunion amicale, alors montrons-nous aimables.

Il se dirigea vers Couguar et l'accueillit.

— Salut ! lança-t-il chaleureusement. Ça fait plaisir de te voir.

Couguar le salua d'un bref signe de tête.

— Puis-je te proposer quelque chose à manger ? demanda Bubber en se frottant les pattes. Un peu de pâté de fougère ? Un peu de mousse de châtaigne ?

Couguar fixa sur Bubber un regard entendu et un sourire malin éclaira son visage. Bubber s'apprêtait à repartir, mais Couguar le retint d'une patte.

— Alors ! dit-il, lissant ses moustaches avec soin. J'ai bien l'impression que l'ours voulait te voir ! On dirait qu'après mon départ, vos affaires se sont arrangées.

— Pas vraiment, fit Bubber.

— Pourtant tu es toujours ici, si je ne me trompe !

— Oui, je suis toujours ici. C'est vrai.

— On peut en conclure que l'ours te voulait quelque chose, ou bien s'agit-il d'une supposition gratuite ?

— Ce n'est pas une supposition gratuite, mais c'est une longue histoire et je ne suis pas sûr que ce soit le lieu, ni le moment pour la raconter.

— Je suis ici pour découvrir le sens de la vie, dit Couguar d'un air candide. J'apprécierai beaucoup toute l'aide que tu m'apporteras à cet égard.

— C'est plutôt le rôle de l'ours, dit Bubber.

— Puisqu'il n'est pas encore arrivé, tu peux bien me confier deux ou trois impressions personnelles sans bouleverser l'ordre du monde ?

— Je suis ici pour apprendre, je ne suis pas le plus qualifié pour te parler.

— Alors, qu'as-tu appris ?

— Oh... Bubber hésita. On a surtout parlé des lions... Tu connais des trucs sur les lions ?

Le fauve fixa Bubber un long moment d'un air stupéfait.

— Si je connais des trucs sur les lions ? finit-il par articuler. Oui, en effet... un peu... après tout, je suis un lion, enfin... un fauve.

Oui, je m'y connais en lion.

— Non... (Bubber agita nerveusement les pattes). Je sais bien que tu es un fauve, je ne parle pas de ces fauves, mais du lion qui vit en toi... Tu saisis ce que je veux dire ?

C'était trop tard maintenant, il ne pouvait pas s'arrêter. Il espéra de toutes ses forces que quelqu'un allait le tirer de là, en lui confiant une course urgente. Couguar hochait la tête attentivement attendant que Bubber termine son explication.

— Tu es au courant, j'imagine, disait Bubber. Tu as entendu parler du lion qui vit en toi ?

— Naturellement, fit Couguar comme s'il s'adressait à un demeuré. Je suis au courant de cette histoire de lion...

— Eh bien chacun de nous a cette chose en soi, dit Bubber.

— Alors là, j'en doute !

— Si, je t'assure. D'après l'ours, un lion vit caché en chacun de nous et notre tâche est de l'aider à naître.

— Pas possible ! Couguar ouvrait de grands yeux.

— C'est ce qu'on m'a dit.

— Qui a pu te raconter une histoire pareille ? L'ours ? C'est sa théorie ?

— Non, il ne m'a pas beaucoup parlé jusqu'à

présent, dit Bubber, car je l'ai assez peu vu depuis mon arrivée.

— Tu racontes ces histoires-là à tout le monde ?

— Non.

— C'est sans doute plus sage.

— Tu voulais savoir ce que j'avais appris, dit Bubber.

— Effectivement, dit Couguar. Mais tout cela relève plutôt des ragots. Tu ne crois pas ?

— C'est possible. Bubber pencha du côté des autres invités, comme s'il résistait à une violente rafale de vent.

— Pourquoi n'as-tu pas vu l'ours ? demanda Couguar. Etait-il absent ?

— Non, mais il est très solitaire. Il passe presque tout son temps dans sa grotte.

— A quoi faire ?

— Oh, d'abord, il travaille son cri libératoire... Tu as entendu parler de ce cri ?

— Oui, parfaitement.

— Eh bien voilà, il y consacre beaucoup de temps... A pratiquer son cri ... A ça et à d'autres choses...

— Quoi, par exemple ?

— Il s'occupe... Il répète son cri... Et un tas d'autres choses...

— Et tout ça répond à ton attente ? dit Couguar. Tu as vraiment l'impression de t'épanouir ?

— Je suis heureux, dit Bubber. J'ai des amis, j'aime la nourriture, l'air est sain. Je ne sais pas si c'est une explication suffisante...

— Oh, oui, tout à fait... (La voix de Couguar était lourde de sous-entendus). Merci de tous ces renseignements.

Dans la grotte, le cri s'était tu. Bubber laissa échapper un soupir de soulagement.

— Ça va commencer... dit-il. Je dois y aller maintenant.

— A tout à l'heure, dit Couguar.

Chacun débarrassa son plat en vitesse et se chercha un siège. On entendit quelques chuchotements excités, quelques toux... Puis, l'ours apparut sur le seuil de la grotte. D'un pas tranquille il avança au milieu de la clairière, se dressa sur ses pattes arrière et levant bien haut les pattes avant, un joyeux sourire lui barrant le visage, il salua tous ses amis rassemblés. Choisissant ses mots, il s'adressa à eux d'une voix posée.

— Un jour, un écureuil ramassait des noisettes au sommet d'une montagne, dit-il. Il en aperçut quelques-unes éparpillées au bord d'un précipice. Il alla les ramasser, mais la terre céda sous ses pieds et il tomba à la verticale le long de la montagne. Une centaine de mètres plus bas, un rouge-gorge de ses amis construisait son nid dans un creux de la paroi. Il posait un brin de paille, lorsqu'en levant les yeux, il vit l'écureuil plonger dans le vide, à une vitesse inouïe. « Morgan, c'est toi ? » cria le rouge-gorge. « Aucun doute ! » répondit l'écureuil disparaissant de sa vue. « Ça va Morgan ? » demanda l'oiseau. « Très bien ! cria l'écureuil. Pourvu que ça dure ! »

Un frisson parcourut l'assemblée. Tous avaient les yeux rivés sur l'ours, attendant la suite. L'ours resta planté là, les bras grands ouverts, fixant ses amis avec le sourire de celui qui sait ménager un effet. Personne n'osa bouger. Le silence se prolongea jusqu'à devenir insupportable. Un blaireau toussa. Un oiseau soupira. L'ours fit demi-tour et rentra dans sa grotte.

Un moment s'écoula, qui parut un siècle. L'assemblée, perplexe, resta assise et conserva un silence religieux. Tous attendaient un signe leur dictant la conduite à tenir, une explication sur ce qui se passait. Les renards échangèrent deux ou trois regards rapides. L'un des blaireaux vint se poster devant Marion d'un air crâneur.

— Alors, que se passe-t-il ? Quand la conférence commence-t-elle ? dit-il.

Marion marmonna quelques mots incompréhensibles, changea de position, essayant de donner l'illusion qu'elle était perdue dans ses pensées. Bubber interrogea ses amis du regard, désireux de comprendre ce qu'il devait ressentir. Mais personne ne lui fournit le moindre indice. Frou-Frou était allongé sur le dos, l'œil fixé vers le ciel. A. J. observait ses pieds. Selon son habitude, Gwen se montrait imperturbable. Quant à Ida, elle souriait aux corneilles. Le silence se faisant de plus en plus pesant, Bubber se glissa vers Marion.

— Que se passe-t-il ? murmura-t-il.

— Je n'en sais rien, dit-elle.

— C'est tout ? C'était ça la conférence ?

— Je ne sais pas ! s'énerva Marion. Je n'en sais pas plus que toi.

— Mais on va leur dire quoi aux autres ? Nos invités sont venus de partout. Il faut qu'on leur dise quelque chose.

— On ne leur dira rien du tout. Ils sont venus ici de leur plein gré. Personne ne les a forcés. Ils sont venus pour entendre l'ours ? Eh bien, ils l'ont entendu, oui ou non ?

— Si on chantait, ou autre chose, je ne sais pas, moi ? proposa Bubber.

— Il n'en est pas question, dit Marion. Ce n'est pas toi qui reçois, c'est l'ours. S'il avait voulu qu'on chante, alors il aurait chanté !

Couguar s'approchait de Marion, le visage souriant.

— Mazette ! dit-il. Quel événement !

— Tiens ! Bonjour Romo ! dit Marion lissant ses plumes le plus naturellement du monde. Comment vas-tu ?

— « Très bien. Pourvu que ça dure ! » Pas vrai ! s'esclaffa le couguar. J'étais assez loin d'ici, dans la plaine, occupé à traiter d'importantes affaires, quand j'ai appris que l'ours s'apprêtait à faire des révélations, à partager ses connaissances, à vider le fond de son sac, comme dirait l'autre. Je ne pouvais tout de même pas rater une occasion pareille, tu es bien d'accord ?

— Ne sois pas si sûr de toi ! dit Marion.

— Veux-tu dire qu'il s'est montré hermétique et sibyllin ? Qu'il a parlé par énigme ? se désespéra Couguar d'un air théâtral.

— Je n'en sais rien. Mais ce n'est pas en ironisant sur le sujet que je comprendrai. Je savais que tu te conduirais ainsi. A la minute où tu es arrivé. Tu n'es pas venu pour apprendre, tu n'es venu que pour semer la zizanie !

Marion s'échauffait, l'assemblée retint son souffle. Après tout, elle n'était qu'une cane, Romo était un fauve. Mais la différence ne semblait pas émouvoir Marion.

— Baisse d'un ton, veux-tu, dit Romo. Je

n'ai aucune leçon à recevoir de toi.

— Que si ! dit Marion. Si tu restes ici avec l'intention de te moquer de mon ours, tu vas m'entendre, c'est moi qui te le dis !

Couguar pouffa d'un petit rire sec, il haussa les épaules et s'éloigna.

— Venez les gars ! lança-t-il aux deux blaireaux, allons méditer sur « l'exposé » de l'ours, on y décèlera bien quelques traits d'intelligence ! On nous a vraiment mâché le boulot !

Les blaireaux coururent au buffet rafler toute la nourriture possible, puis ils détalèrent dans les traces de Couguar.

Les petits oiseaux avaient disparu avant même qu'on remarque leur départ. En un clin d'œil, ils avaient oublié qu'ils étaient venus. Il ne s'était rien produit de palpitant, ils n'auraient rien d'amusant à raconter, aussi l'événement n'avait-il aucun intérêt à leurs yeux.

Les corbeaux s'en allèrent peu après, suivis par la famille des renards.

Avant de partir, les renards remercièrent tout le monde du merveilleux moment passé ensemble ; la conférence s'était révélée très enrichissante et ils avaient, grâce à elle, une foule de sujets à approfondir. Malgré le charme et la gentillesse qu'ils déployaient, Bubber eut la nette impression que toutes ces manières aimables ne recouvraient que du vent.

Il n'y eut bientôt plus aucun invité, sauf A. J. Turner et un vieux porc-épic qui avait dormi toute la journée. Marion s'écroula de fatigue, tandis que Bubber et Ida commençaient à ranger et à nettoyer l'immense désordre, avec un soin tranquille.

— C'est le pire jour de ma vie ! dit Marion, allongée sur le dos, une aile sur le visage. Je ne crois pas que je supporterai une autre expérience de ce genre.

— Ce ne fut pas si terrible, dit Frou-Frou. Ça va nous demander un petit travail d'analyse, mais ça éclaire nos lanternes. L'ours ne fait jamais rien sans raison, nous le savons tous.

— Oui, dit Ida, c'était sympa de revoir certains vieux copains.

Frou-Frou lui lança un regard noir, mais il ne dit rien.

— Il aurait pu me prévenir ! fit Marion. C'était bien la peine de passer cinq jours à tout préparer pour une conférence de deux minutes ! On aurait pu éviter de nettoyer tout à fond, de faire autant à manger, et de se mettre dans un pareil état d'énervement.

Elle se leva et commença à ranger avec rage, balançant par terre paquets, boîtes, tout ce qu'elle touchait. Ida se précipita à son aide, tandis que Gwen décrochait les décorations faites avec des branches de pin.

— S'énerver, c'était ton idée, dit Frou-Frou. On pouvait très bien l'éviter, même si l'ours avait donné une conférence de trois heures.

— Je suis quelqu'un d'émotif, fit Marion sur la défensive.

— Je m'en suis aperçu !

— Tout a de l'importance pour moi. J'aime être préparée aux choses. Est-ce si mal ?

— Non, dit Frou-Frou, c'est inutile.

— Ce n'est pas à toi de me dire ce qui est utile ou inutile, dit Marion les larmes aux yeux. Regarde-toi, tu te roules partout, tu laisses des lambeaux de peau dans tous les coins. Tu peux m'expliquer quel plaisir tu éprouves à panser tes blessures à longueur d'années ? Tu peux parler de l'inutile, toi !

— Evitons les réflexions personnelles.

— Parce que toi, tu as le droit d'être personnel et pas les autres ? sanglota Marion. Tout est personnel.

— Bon, d'accord, je retire ce que j'ai dit. Je ne dirai plus rien... Tiens.

Frou-Frou arracha quelques feuilles qu'il tendit à Marion.

— Merci, dit-elle en s'essuyant les yeux et le bec.

— Ça va mieux ? demanda Frou-Frou avec entrain. Marion fit « oui » de la tête. Bon !

Maintenant si on cessait de faire de la sensiblerie on pourrait essayer de comprendre le message de l'ours. Car il va de soi qu'il a voulu nous dire quelque chose ? Nous savons tous qu'il ne fait jamais rien d'arbitraire, vous êtes bien d'accord ?

Personne ne répondit.

— Vous êtes d'accord, oui ou non ? insista Frou-Frou, inquiet.

— Moi, je n'en ai pas la moindre idée, dit Bubber, un peu déconcerté par les événements de cette journée.

— Quant à moi, je t'affirme qu'il n'agit jamais à la légère, que ses actes ne sont jamais gratuits, dit Frou-Frou. Fais-moi confiance.

— Je veux bien admettre que tu en sois convaincu.

— Tu veux dire quoi au juste ?

— Si on en parlait demain matin... suggéra Bubber.

— Non, nous devrions en parler maintenant.

— Alors, toi, tu en parles maintenant, moi, j'en parlerai demain matin, d'accord ?

— Puis-je dire quelques mots ? demanda A. J. tranquillement.

— Bien sûr, répondit Frou-Frou.

— Je ne m'estime pas le droit d'interpréter les paroles de l'ours, dit A. J., mais quelles que soient ses intentions, je me demande si cette conférence n'était pas aussi pour lui un moyen de vérifier notre entente. C'est loin d'être un succès. Or, si je ne me trompe, notre quête du lion nous enseigne, entre autres choses, à faire notre paix intérieure avec nos sœurs et nos frères. Si nous commencions par là, nous atteindrions peut-être au sens profond des paroles de l'ours. Je propose donc qu'au lieu de nous laisser aller à des réactions d'émotions et d'angoisses, qui nous écartent du fondement essentiel de cette réunion, nous discutions avec calme et gentillesse afin de découvrir ce qu'il est possible.

— Merci A. J., voilà qui est sagement parlé, dit Marion. J'estime que nous devons tous te remercier.

Vexé, Frou-Frou se tenait en retrait. Il n'avait pas besoin de Marion pour savoir ce qu'il avait à faire, mais au prix d'un gros effort de volonté, il ne retint que la beauté de la phrase de Marion et marmonna une formule plutôt gentille, tandis que les autres se contentèrent d'être bien élevés.

— A ton avis, l'ours voulait dire quoi ? demanda Bubber à A. J., une fois les remerciements terminés.

— Je ne possède aucune réponse, dit celui-ci.

— Bon, essayons d'analyser son histoire, dit

Frou-Frou. Prenons les écureuils, que dire des écureuils ?

— Dans quel sens ? demanda Marion.

— Qui sont-ils ? Quelles sont leurs caractéristiques ?

— Ils sont bruyants, dit Ida, et désordonnés.

— C'est vrai, admit Frou-Frou s'efforçant de se montrer positif. Très bien Ida. Ils sont toujours agités, ils brassent, ils discutent.

— Voilà ! fit Ida.

— Quoi ? dit Frou-Frou.

— Il a peut-être voulu dire que si on s'agite sans arrêt, si on parle trop, un jour on tombera d'une falaise...

— Je ne crois pas que ce soit la bonne explication, dit Bubber.

— Et pourquoi pas ? demanda Ida.

— Parce que la chute en elle-même ne semblait pas l'inquiéter.

— Comment peux-tu en être certain ? demanda Ida.

— Parce qu'il a dit : « Très bien. Pourvu que ça dure. » Si la chute avait été le cœur du problème, il aurait dit autre chose.

— Comment ne pas se montrer inquiet de tomber d'une falaise ? demanda Ida.

— C'est justement ce que nous devons découvrir, dit Bubber.

Le silence retomba. Ils étaient tous assis,

le sourcil froncé, à scruter le sol, espérant que la réponse allait surgir de terre comme une fleur nouvelle.

— Et voler ! s'écria Frou-Frou. Voler. Planer dans les airs. Il y a peut-être un rapport ? L'écureuil croyait-il qu'il allait voler ? Ce pourrait être ça ?

— Je ne crois pas, dit Marion. A mon avis il est beaucoup trop bête. Il aurait pu appeler au secours, l'oiseau l'aurait sans doute aidé, il l'aurait rattrapé. Non, il a cru qu'il s'en sortirait tout seul, il a joué le malin. Il a eu tort.

— L'oiseau n'aurait pas pu le rattraper dit Frou-Frou.

— Pourquoi non ? demanda Marion.

— Un rouge-gorge ! Jamais un rouge-gorge ne pourrait attraper un écureuil. Si l'ours avait voulu suggérer que l'oiseau allait rattraper l'écureuil, il aurait décrit un oiseau plus gros.

— C'était peut-être une histoire vraie ? dit Ida.

— Et alors ? demanda Frou-Frou.

— Si c'est une histoire vraie, c'est forcément un rouge-gorge ! dit-elle.

— Quelle différence que l'histoire soit vraie ou pas ? fit Bubber. La morale serait la même.

— C'est juste, dit Frou-Frou. Reprenons

depuis le début. Un écureuil ramasse des noisettes. Il en aperçoit sur le bord d'une falaise. Il veut les ramasser et il tombe.

— Il faut regarder avant de sauter ! dit Ida.

— Il n'a pas sauté, dit Bubber, il est tombé !

— Peut-être y a-t-il plusieurs messages ? avança Frou-Frou. Peut-être s'est-il servi d'une seule histoire pour nous transmettre différents enseignements ?

— C'est très possible, dit A. J. Lorsqu'on est rongé par l'envie d'apprendre, on tire des leçons de tout ce que l'on voit, de tout ce que l'on entend. Sur ce point, il semble que Frou-Frou ait raison.

— A ce compte-là, l'ours aurait très bien pu nous raconter n'importe quoi et l'intituler « conférence » ! s'exclama Bubber.

— C'est très juste, dit A. J. Mais je connais assez l'ours pour penser qu'il n'aurait jamais fait ça. D'après moi, il avait la volonté profonde de nous enseigner une chose précise.

Ils étaient tous assis, à attendre qu'A. J. poursuive.

— Il me semble que l'ours a simplement voulu dire ceci : nous devons nous convaincre que, durant notre passage sur cette terre, chaque étape du voyage possède ses joies. Nous devons nous montrer positifs. Nous devons toujours garder l'espoir quelles que soient les circonstances de notre vie. Si fragile que soit notre situation, il y a toujours une planche de salut. Si nous réussissons à rester positifs, aimables et ouverts, les lions, nos bons anges gardiens, choisiront, pour nous, le meilleur dénouement.

— L'écureuil a pu atterrir sur un lit de feuilles mortes, proposa Ida.

— Exactement, dit A. J. ou attraper une branche d'arbre dépassant de la paroi. Ou bien a-t-il eu foi en son lion, confiant que celui-ci connaîtrait une solution au problème que lui, simple petit écureuil, ne saurait voir. On peut assurer qu'il ait eu cette foi, puisque tout ce qu'il trouve à dire c'est « Très bien. Pourvu que ça dure ». A mon avis, à travers cette petite phrase l'ours veut nous faire comprendre que chaque instant du voyage a ses joies. Où que nous en soyions, tout va très bien mais pourvu que ça dure...

Tous gardèrent le silence. Assis dans leur position préférée, ils méditaient sur les paroles de A. J., saluant sa sagesse et la clarté de son esprit. Ils prenaient conscience de leur méconnaissance profonde de l'ours et songeaient au travail qui leur restait à accomplir sur eux-mêmes.

Marion eut du mal à dormir cette nuit-là. Les propos d'A. J. offraient une matière riche en réflexions, mais sa dispute avec Frou-Frou la laissait triste et pénétrée d'un sentiment d'échec. Elle aimait Frou-Frou, elle le respectait, et elle ne parvenait pas à comprendre que chacune de leurs discussions tourne à la dispute, chacune de leurs rencontres à la provocation. Cela la tourmentait si profondément qu'elle avait souvent demandé à l'ours ce qu'elle devait faire.

— Ne te bagarre plus. Cesse les hostilités.

— Je ne me bagarre pas ! Je n'ai jamais entamé une dispute de ma vie. Tu me connais. Je ne souhaite que la paix et l'harmonie. Mais quand il dit une idiotie, il faut bien que je réagisse, non ?

— Non, disait l'ours. Laisse-le gagner.

Le conseil était dur à suivre. Marion avait essayé avec sérieux, mais quand les dés étaient jetés, elle ne savait plus se taire. Les rares occasions où elle réussissait à garder le silence, elle poursuivait la discussion avec Frou-Frou en son for intérieur. Là, elle gagnait toujours, elle lui disait tout ce qu'elle n'aurait jamais osé lui lancer à haute voix.

« Je n'ai pas de passé, lui disait-elle. Je m'en suis dépouillée, comme tu te dépouilles de ta peau, une fois l'an. Il ne reste de moi que le lion. Ça te dépasse. C'est plus que tu n'en connaîtras jamais. »

Croyait-elle vraiment à tout cela ? Personne ne le savait, personne n'avait osé vérifier. Car chacun percevait une grande fragilité derrière la façade solide qu'elle présentait, et cette incessante manie qu'elle avait de prêcher les voies du lion. A la clairière, tout le monde sentait, d'instinct, qu'il était préférable d'endurer ses sermons bien intentionnés et son exigence plutôt que de briser la délicate carapace.

Elle n'était pas un lion, elle n'était pas dupe. Elle se demandait d'ailleurs, si elle le deviendrait jamais. Elle n'était même pas sûre que les théories de l'ours soient fondées, mais elle s'en moquait. L'idée, avec son côté romantique et théâtral, l'occupait, la séduisait et empêchait son cœur de se briser entièrement. La seule chose importante, c'était la bonté affectueuse de l'ours qui la protégeait contre son goût du suicide.

Elle aurait aimé raconter son histoire à Frou-Frou. Elle aurait voulu qu'il connaisse son serment, son chagrin et sa splendeur. Elle aurait voulu qu'il apprécie son intelligence, et qu'il y voit une raison de l'aimer, même si sa sagesse, à elle, ne suivait pas les voies méthodiques et rigoureuses de la sienne.

Elle aurait aimé raconter son histoire à tout le monde. Cela la rongeait. Pourtant elle gardait le silence sur cette part d'elle-même, la plus importante. Elle craignait, si elle ouvrait les vannes, que rien n'arrête plus le flot et qu'il ne reste rien d'elle.

Sa vie parmi les siens avait été merveilleuse et, cependant, comme le lemming, elle s'était toujours sentie différente des autres. Elle voyait les couleurs avec plus d'acuité qu'eux ; elle éprouvait un besoin de connaître des choses qui ne les intéressaient pas. A l'inverse du lemming, ses parents à elle étaient très fiers de sa vitalité et de son énergie. Ils encourageaient sa curiosité et son intérêt dans tous les domaines. Quand ce fut la saison des amours, ils lui présentèrent Gareth, un canard paisible et équilibré qui fut heureux, comme eux, de baigner dans sa lumière.

Au début, Marion trouva Gareth ennuyeux, puis le temps aidant, elle découvrit en lui un être dont la nature patiente et tendre devint pour elle une source riche d'enseignements. Elle s'enflammait pour un oui, pour un non, elle était toujours au comble de l'exaltation ou de la déprime, et la calme détermination de Gareth, sa force tranquille devinrent petit à petit son port d'attache, sa sécurité, son réconfort. Comme tous les couples de leur groupe, ils furent vite inséparables. A cette différence près, dans le cas de Marion et de Gareth, il ne s'agissait pas d'un simple instinct, mais d'un amour profond et éternel. Les premiers temps, Marion accordait beaucoup d'importance au fait que Gareth la suive dans toutes ses recherches, qu'il essaie de partager son enthousiasme, qu'il voit tout, qu'il ressente tout comme elle. Il s'y employait de tout son cœur, mais son esprit n'était pas aussi pointu que celui de Marion et, pour finir, ce qu'il appréciait c'était le mystère qu'elle représentait pour lui. Il admettait volontiers, qu'il y eût une part d'elle qu'il ne connaîtrait jamais. Il ne l'en aimait que plus.

Au début, Marion se fâchait si Gareth ne

l'accompagnait pas partout, puis le temps passant, elle vécut ces courtes séparations comme une expérience enivrante car, lorsqu'ils se retrouvaient, ils avaient davantage encore à partager.

Ils en étaient à leur troisième saison, lors du voyage qui les conduisait vers le sud pour passer l'hiver, quand loin en bas, sur la terre, quelque chose attira le regard de Marion. Elle n'avait jamais rien vu d'aussi étincelant. Suivant son habitude, elle piqua immédiatement dans cette direction.

— Où vas-tu ? lui cria Gareth.

— Je veux voir de plus près le truc qui brille, en bas, répondit Marion.

— Ce n'est rien, Marion. Laisse tomber.

— Je n'en ai pas pour longtemps, je te rattrape d'ici une minute !

Elle quitta le vol et plongea droit vers l'éclat lumineux. La région, d'où irradiait cette clarté, était habitée par les hommes. Ce n'était pas l'endroit le plus sûr, Marion en avait conscience, mais elle ne resterait qu'un instant. En se rapprochant, elle vit qu'il s'agissait d'une sorte d'immense « clapier à lapins », tout en métal et surmonté de coupoles qui miroitaient au soleil. Encore une de ces horribles tours que l'homme construisait au beau milieu des arbres. Elle se moqua de sa curiosité, hocha la tête et partit rejoindre les autres. Tout en prenant de l'altitude, elle regardait autour d'elle et ne voyait rien qu'un ciel bleu et vide. Pas le moindre vol de canards à l'horizon.

« Où sont-ils ? pensa-t-elle, s'efforçant de ne pas céder à la panique. Je me suis éloignée quelques secondes, à peine une minute. »

Elle vola plus haut encore, décrivant de larges cercles, pour avoir une meilleure vue d'ensemble. Aucune trace de sa famille. Nulle part. Elle se mit à sillonner le ciel, comme une folle, dans toutes les directions. Elle vérifia si, par hasard, ils ne s'étaient pas posés quelque part pour boire ou se reposer. Lancée comme une flèche, elle fendit en aller et retour, les quelques rares nuages, en caquetant à tue-tête. Les canards avaient disparu. En proie à la plus vive inquiétude, volant sans but dans tous les sens, elle se jeta en aveugle contre des câbles téléphoniques, se déchira une aile et alla s'écraser sur le sol, comme un cerf-volant brisé. Elle resta un moment étourdie, puis tirant son aile douloureuse, elle voulut repartir à la recherche de son vol, de sa famille, de son bien-aimé Gareth, sa tendre moitié. Mais ils avaient bel et bien disparu, ils s'étaient évaporés dans l'immensité bleue, la laissant à demi morte.

On lui tira dessus. Des chiens l'attaquèrent. Elle parvint à leur échapper et alla trouver refuge près d'un lac, éloigné de tout et y resta cachée jusqu'à ce que son aile retrouve un peu de sa souplesse et qu'elle se sente plus vaillante.

Un jour, un corbeau vint traîner dans les parages. Au début, il la mettait mal à l'aise. Il ne parlait jamais. Mais, à la longue, elle se surprit à attendre ses visites. Si bien qu'un jour, lorsqu'il repartit, sans qu'elle s'explique pourquoi, elle le suivit. Le corbeau se montra d'une patience d'ange. Dès qu'elle était fatiguée, il l'attendait ; si son aile devenait trop douloureuse, il volait à basse altitude, ou bien il se posait pour picorer. Jamais il ne lui adressait la parole. Il gardait toujours ses distances. Leur étrange voyage dura des semaines et des centaines de kilomètres.

Elle ne sut jamais où il la conduisait, mais elle nourrissait le secret espoir qu'il la ramenait auprès des siens et de son époux chéri.

Au lieu de ça, elle arriva à la clairière. Le corbeau repartit aussi mystérieusement qu'il était venu. Faisant confiance au destin qui l'avait conduite ici, elle était restée. Elle honorait et servait l'ours, espérant bien qu'un jour, elle atteindrait le lion, cette terre promise, mais elle gardait ancrée au cœur la blessure de son amour perdu.

Tous les matins, Marion, Ida, Frou-Frou et Gwen travaillaient à la ferme. Ils se réveillaient aux premières lueurs de l'aube, ils s'ébrouaient afin de chasser les humeurs de la nuit, prenaient un petit déjeuner léger, puis crachant, baillant, se bousculant, ils s'en allaient cahin-caha vers la ferme. Et chaque matin, Bubber observait leur zèle matinal avec le même étonnement.

— Vous avez besoin d'aide ? criait-il en les voyant partir.

— Uniquement si tu en as envie ! répondait Marion, chaque matin.

Comme jamais il n'en avait envie, les autres ne le retrouvaient qu'à leur retour pour déjeuner. Au bout de quelques jours, Bubber se sentit un peu coupable de ne pas participer aux travaux de la ferme. Il feignit d'ignorer ce sentiment, préférant se cantonner dans son personnage de gentil paumé. Ce fut peine perdue. Il ne put s'empêcher de traîner, malgré lui, autour de la ferme. Au début, ce ne furent que de courtes visites, ensuite, il leur apporta à manger puis à boire et il ne fut pas long à venir, lui aussi, travailler chaque jour à la ferme. Il continua, néanmoins, à éprouver des sentiments contradictoires envers les travaux agricoles, comme activité quotidienne, à plein temps.

Il appréciait l'heure des repas, une habitude chez lui, mais moins les autres aspects du travail. Creuser des heures dans la boue était pour lui une véritable torture. Il rêvait pendant ce temps-là à tout ce qu'il aurait pu faire à la place ! Un petit somme... Une balade... Et il se fâchait qu'on l'ait contraint à travailler. L'honnêteté l'obligeait parfois à reconnaître que personne ne l'y avait forcé, qu'il travaillait à la ferme de son plein gré et qu'il n'avait à s'en prendre qu'à lui-même. Rêver, se balader, dormir, après tout, ce n'était pas si amusant... Peu à peu, il se décontractait, et découvrait le bonheur simple d'être là, assis dans la bonne poussière chaude. Son rythme de travail diminuait, le soleil se faisait moins violent, son dos moins douloureux et il devenait presque amusant de désherber et de bêcher. Il finissait par trouver presque beau le cri libératoire de Marion. Il percevait derrière ce cri une véritable intention, et il en éprouvait une sorte de libération, comme si quelque résidu organique, lourd et inutile, se détachait de son cerveau, le débridait. Ces moments-là étaient très agréables, Bubber aurait souhaité qu'ils perdurent. Hélas ! Ce n'était jamais le cas. Son esprit en décidait toujours autrement.

« Où cela mène-t-il ? » La question remontait, lancinante, des labyrinthes secrets de son âme pour le harceler, ainsi que d'autres questions ennuyeuses, idiotes qui le précipitaient dans des abîmes sans fond, ne résolvaient jamais rien et le rendaient malheureux. Le temps aidant, il apprit, cependant, à déceler dans cette valse-hésitation, un schéma de réflexions, comprenant peu à peu qu'une activité unique pouvait le conduire à éprouver une infinité d'impressions selon la manière dont il décidait de l'aborder.

Un matin qu'il méditait justement sur le sujet, Ida arriva hors d'haleine.

— L'ours veut te voir !

— Pourquoi ? demanda-t-il, pris d'un brutal sentiment de culpabilité.

— Je n'en sais rien, répondit-elle, souriant d'un air énigmatique. Il est sorti de sa grotte, alors que je traînais dans les parages et il m'a demandé où tu étais. Je le lui ai expliqué ; il m'a dit de te prévenir qu'il voulait te voir. Je n'en sais pas plus.

Bubber remercia Ida. Il se débarbouilla et se précipita chez l'ours, rempli de terribles inquiétudes. L'ours avait dû lire dans ses pensées, deviner qu'il détestait les travaux agricoles, il savait qu'il passait le plus clair de son temps à rêvasser et à se torturer l'esprit au lieu de travailler, il allait lui ordonner de quitter la clairière, c'était certain.

En arrivant à la grotte, il trouva l'ours assis sur le seuil, les yeux dans le vague. Bubber s'assit auprès de lui, attendant un ordre. Ils restèrent ainsi, en silence, un bon moment. Enfin, l'ours leva vers lui un regard hagard, comme s'il avait vu la lune en plein jour, ou quelque oiseau extraordinaire. Une idée lui trottait dans la tête.
— Champignons ! marmonna-t-il d'un air mystérieux. Il se leva et s'enfonça dans les bois.

« Champignons... ! » se répéta Bubber. Il chercha au mot un sens caché, mais n'en trouva aucun et, ne sachant que faire d'autre, il suivit l'ours dans les bois.

L'ours cheminait d'un pas tranquille, tout en s'adonnant au cri libératoire, offrant ainsi à Bubber tout loisir de le suivre facilement. Ils atteignirent bientôt un vallon humide et ombragé, où les champignons poussaient dans tous les coins. L'ours trouva un grand morceau d'écorce dont il se servit comme panier pour ramasser des champignons.

Bubber l'observa attentivement et, espérant que c'était bien là ce que l'ours attendait de lui, il se mit en devoir de cueillir des champignons qu'il jetait dans le panier. Des milliers de questions l'assaillaient ; des questions dont l'ours possédait forcément les réponses, mais puisqu'on ne l'avait pas invité à parler, il garda le silence.

— La conférence t'a plu ? demanda soudain l'ours.

— Quelle conférence ? répondit Bubber pour gagner du temps. Celle que tu as faite ?

L'ours acquiesça.

— J'ai bien aimé. J'ai beaucoup aimé.

— Vraiment ? Elle t'a plu ?

— Oui, vraiment. Beaucoup.

— J'en suis bien content, dit l'ours, bien content. Mais dis-moi, tu as aimé l'ensemble de mon exposé, tu as été tenu en haleine de bout en bout, ou bien certains passages t'ont marqué plus que d'autres ?

— Non, j'ai aimé l'ensemble, dit Bubber.

— Bien, bien, fit l'ours. J'espère que tu as apprécié tous les sous-entendus et le subtil enchaînement thématique ?

— Tu penses bien. J'ai tout apprécié.

— Je serai heureux de connaître tes impressions sur la conférence, dit l'ours, humant un champignon. Je n'ai pas eu beaucoup de réactions.

Le lemming scruta l'ours d'un œil appliqué sans, toutefois, découvrir la moindre trace d'ironie ou de mépris dans ses propos.

— Pour être honnête, j'ai eu quelques difficultés au début, mais après on en a discuté entre nous et A. J. nous a tout expliqué.

— Ah, oui ?

— Oui.

— Et qu'est-ce qu'il a dit ?

— Je ne suis pas certain de m'en souvenir avec précision, dit Bubber.

— Une idée générale me suffira, dit l'ours.

Bubber arrêta la cueillette des champignons et rassembla ses idées.

— D'après A. J., ton exposé signifie que nous devons nous montrer positifs en toutes choses, nous devons admettre que nous avons la chance d'être vivants et en bonne santé, que notre quête du lion est en bonne voie et que nous devons protéger cet état de bonheur et de paix intérieure. Je crois que c'est tout.

Il tourna la tête vers l'ours guettant sa réaction.

— C'est très intéressant, fit l'ours.

— C'est bien ce que tu as voulu dire, n'est-ce pas ?

— Pas du tout, dit l'ours.

— Ah !

— C'est très intéressant, mais ce n'est pas ce que j'ai voulu dire. A. J. donne souvent aux choses un sens différent de celui que Dieu y a mis. C'est un peu ennuyeux, tu sais. Il ressemble un peu à l'homme qu'Esope a mordu.

— L'homme qu'Esope a mordu ? demanda Bubber.

— Oui, dit l'ours. Tu connais Esope ?

— Je crains que non.

— Esope était un loup de mes amis. L'ours s'assit posant le panier à côté de lui. Esope était très grand, il avait mauvais caractère, mais il m'amusait. Bref un jour, un homme se mit à rôder non loin de sa tanière ; un vieux type à la barbe si longue qu'il marchait dessus sans arrêt ! Ce vieux passait des jours entiers à observer les mouches, les scarabées, les serpents ou les rats d'eau et à noter un tas de trucs sur leur comportement, comme si ça devait servir à l'éclairer sur sa propre vie. Il sautait de joie chaque fois qu'un animal faisait quelque chose qui

166

confirmait ses théories. Sans se douter que la plupart du temps, ils jouaient la comédie juste pour lui faire plaisir. Il apportait toujours un panier débordant de victuailles, alors ils faisaient n'importe quelles pirouettes pour le distraire et lui voler sa nourriture. Esope finit par en avoir marre que ce vieux fou envahisse son territoire, piétine leurs habitudes et modifie tout à seule fin que les choses concordent avec sa manière simpliste de les voir. Aussi un jour où le vieil homme était plongé dans l'observation d'un groupe de fourmis et d'une sauterelle, Esope prit son élan, chargea à tout allure et lui mordit le gras de la fesse. L'homme hurla de douleur et, se retournant pour voir ce qui s'était passé, il aperçut Esope qui le fixait d'un air menaçant, un gros morceau de chair sanguinolente dans la gueule.

— Va donc noter ça dans ton livre ! hurla Esope.

Alors, le vieil homme s'enfuit à toutes jambes pour ne jamais revenir.

— Sacrée histoire ! dit Bubber.

— Elle n'est pas mal, hein ? dit l'ours. A. J. me fait un peu penser à cet homme. Mais comprends-moi, ajouta-t-il gravement, j'aime beaucoup A. J. C'est un oiseau gentil et sensible. Il devrait simplement réfléchir un peu moins.

— Je crois que je comprends, dit Bubber.

— Je le crois aussi, fit l'ours.

— Puis-je te demander une chose ?

— Bien sûr.

— Quelle était la véritable signification de ton exposé ?

— C'était une blague. Une de mes blagues favorites. Et personne n'a ri. Lorsque j'ai regardé tous ces visages tendus vers moi, je n'ai vu qu'un mur de regards vides me fixant sans une once d'humour, de compréhension, d'amour ou de compassion, et ça m'a rendu si triste que j'ai renoncé à faire ma conférence, ce qui n'a d'ailleurs pas grande importance. Personne n'a l'envie sincère de connaître le sens de la vie.

— Pour quelle raison selon toi ?

L'ours plongea en avant de toute sa hauteur pour se rapprocher le plus possible de Bubber et il le fixa droit dans les yeux.

— Parce que la vie est trop simple. Voilà pourquoi.

Il se rassit et plongea négligemment la patte dans le panier de champignons.

— Tout le monde voudrait que la vie soit compliquée, afin d'en ruminer le sens et argumenter pendant des heures. Les gens veulent débattre de tout, pour se distraire, ou se bagarrer, ils veulent discuter à s'en rendre fous ou malheureux, mais personne ne veut savoir la vérité.

— Moi, si, dit Bubber d'une petite voix calme. Je veux savoir la vérité.

L'ours le regarda intensément.

— Mais tu la connais déjà, dit-il. Marion te l'a dite. Frou-Frou te l'a dite, A. J. aussi. Tu en as senti le poids chaque jour passé à la clairière ; tu l'as entendu murmurer dans tes rêves ; elle vibre dans toutes les fibres de ton être depuis ta naissance. Tu la possédais déjà avec une lucidité absolue et parfaite le jour où tu as atterri sur cette terre et cependant tu persistes à la croire un mystère. Tu penses que ça t'aidera si je te raconte encore la vérité avec d'autres mots ? Ou si je sanglote en te suppliant de me croire ? Ou si je te cours après le restant de mes jours en brandissant la vérité comme une seringue ? Tu penses qu'enfin tu la croiras ?

— Si toi, tu me dis la vérité, je te croirai. Je sais que tu parles vrai. Je ne doute ni de ta sagesse, ni de ta sincérité.

— Alors je vais te la dire, la vérité. A la suite de circonstances malheureuses, de mauvais choix, nous autres, créatures du royaume animal, nous avons choisi de croire que ces formes curieuses qui sont les nôtres, ces enveloppes de lemmings, de serpents, de canards représentent réellement ce que nous sommes. Nous avons admis que cette conception dérisoire recouvre toute la réalité, qu'il n'en existe pas d'autres, que c'est... (Il se frappa la poitrine plusieurs fois de sa grosse patte...) Que c'est la seule, l'unique réalité. Or, ce n'est pas vrai. Voici la vérité vraie.

L'ours s'installa tout près de Bubber et plongea les yeux dans les siens.

— En chacun de nous se cache un lion, dit-il. Lorsque nous nous démenons comme des diables pour trouver paix et bonheur, c'est, en fait, ce fameux lion que nous essayons désespérément de découvrir. Et rien d'autre. Ce lion que nous avons abandonné et, auprès de qui il nous tarde tant de retourner. Nous prétendons qu'il n'existe pas, mais il réussit toujours à faire entendre sa voix, même faiblement. Et si nous cherchons à le réduire au silence, nous en ressentons une vive douleur, un remord immense et une solitude insoutenable. En un mot comme en cent, voilà toute l'affaire. Pourquoi est-ce notre souci majeur, ici, à la clairière ? C'est très simple. Certains d'entre nous ont entendu la voix de leur lion un peu plus clairement que d'autres compagnons. Et nos lions, las de leurs chaînes, sont cramponnés aux barreaux de leur cage, impatients d'être libres.

Soudain, l'ours se dressa sur ses pattes arrières.

— NOUS SOMMES DES LIONS ! hurla-t-il les bras grands ouverts, et son cri résonna à travers la forêt, réduisant au silence les mille et un bruits qui animaient l'atmosphère matinale. NOUS SOMMES DES LIONS ! C'est notre commencement et notre fin ! Notre avenir et notre passé ! C'est notre gloire, notre espérance, notre paix ! C'est l'unique loi ! L'unique vérité, l'unique joie et l'unique consolation ! C'est ce qui a toujours été et qui toujours sera !

Un oiseau voulut se faufiler dans sa gueule, il le balaya d'un revers de patte.

— Voilà, tu sais tout. L'ours se laissa lourdement retomber sur ses quatre pattes et retourna d'un pas tranquille cueillir ses champignons. Est-ce une grande surprise ?

Bubber secoua négativement la tête.

— Non, bien sûr que non, fit l'ours, encore faut-il œuvrer dans la bonne direction, ce qui est une autre paire de manches, pas vrai ?

— J'avais l'impression d'agir dans la bonne direction, dit Bubber.

— Et qu'est-ce que tu fais ?

— Ben, que font les autres ? demanda Bubber, sur ses gardes.

— Ce n'est pas aux autres que je pose la question, mais à toi, dit l'ours.

— Je fais mon travail... J'essaie d'être heureux... D'être gentil avec tout le monde... N'est-ce pas agir dans la bonne direction ?

— Cultiver ta propre nourriture et parler philosophie... Ce n'est pas ainsi que tu deviendras un lion.

— C'est pourtant ce que font les autres ! s'écria le lemming, inquiet soudain que ses craintes ne se révèlent exactes et que l'ours ne lui ordonne de partir. Nous cultivons tous notre nourriture, nous parlons tous philosophie. Je ne vois pas ce que je fais de mal.

— Es-tu courageux ? Est-ce que tu te conduis bien ?

Bubber réfléchit avec soin avant de répondre.

— Je ne crois pas être méchant, si c'est ce que tu veux dire, mais j'ignore si je suis courageux ou non.

— Es-tu parvenu peu ou prou à te dégager de ta condition de lemming ?

— Je m'y efforce à chaque moment de la journée. Je ne sais pas si je le fais selon les règles, mais j'avais cru comprendre que le processus était lent, et que je devais aussi apprendre à être patient.

L'angoisse commençait à lui nouer le ventre, au tréfond de son cœur, presque inconsciemment, il savait que cette peur prouvait l'indigence de ses réponses. A travers ses paroles il plaidait l'indulgence plus qu'il n'expliquait ses actes. Il continua, cependant, à se justifier.

— Comment prouves-tu ton amour à tes sœurs et à tes frères ? demanda l'ours.

— Du mieux que je peux, et à longueur de temps.

— Comment ?

— De différentes manières.

— As-tu donné de ton temps à Ida ? Ou à Gwen ?

— A Ida ou à Gwen ? demanda Bubber stupéfait. Mais on ne peut pas avoir de conversation cohérente avec Ida. Quand on lui parle d'une chose, elle répond sur une autre, elle est incapable de suivre une idée. A vrai dire, je me demande souvent ce qu'elle fiche ici. Si la clairière est le chemin du courage, de la force et du sacrifice, il me semble qu'elle s'est trompée d'endroit.

— C'est aussi le chemin de l'amour et du dévouement, dit l'ours, mais ces qualités-là ne t'intéressent guère. Elles ne sont pas aussi impressionnantes que le courage et la force. Et puisque ces deux qualités te font défaut, tu es bien incapable de les remarquer en Ida, chez qui le courage et le dévouement sont intacts. Elle aurait bien des choses à t'apprendre, seulement il te faudrait t'affranchir davantage encore de ta condition de lemming et abandonner certaines idées sur le courage et la puissance qui ne reposent sur aucune réalité.

La curiosité de Bubber était piquée.

— Tu veux bien me parler d'elle ? demanda-t-il, je dois pouvoir comprendre ce que tu veux dire.

— Parle-lui toi-même, dit l'ours.

— Je le ferai ! dit Bubber.

L'ours avait raison. Ida l'ennuyait et il ne lui était jamais venue à l'idée qu'elle ait quelque chose à dire. Parce qu'elle n'avait ni charme, ni esprit, il n'avait pas creusé plus loin, mais il se promettait désormais de lui consacrer plus de temps. Et par la même occasion, il ravalerait sa fierté et essaierait une fois de plus d'obtenir un « bonjour » de Gwen. Et puis, il se montrerait plus patient avec Marion.

Le paysage vacillait légèrement autour de lui. La tête lui tournait ; la silhouette de l'ours devint un peu floue et il agita la tête afin qu'elle retrouve sa netteté.

— J'ai commis de graves erreurs, reconnut-il, faisant de gros efforts pour ne pas perdre le fil de la conversation. Dès mon retour là-bas, j'essaierai de m'améliorer.

L'ours scintillait maintenant de mille feux, comme s'il avait plongé sous l'eau ; quant à Bubber, il sombrait dans un sentimentalisme larmoyant.

— J'essaierai aussi de parler davantage avec Gwen, dit-il. Je doute qu'elle me réponde, mais je n'ai peut-être pas suffisamment essayé.

— Très bonne idée, dit l'ours qui avait retrouvé le sourire. Tu devrais aussi tenir un journal, noter tes pensées, te souvenir de ce que tu vois, de ce que tu ressens. Au bout d'un moment, un schéma se dessinera tout seul et petit à petit, tu comprendras qui tu es.

Une brise légère saisit Bubber des pieds à la tête, son crâne perdit forme et consistance, des sons inconnus sifflèrent à ses oreilles pour la première fois de sa vie, des éclairs lézardèrent son esprit et il lui devint quasiment impossible de suivre les paroles de l'ours.

— Regarde ces bois, lui disait-il.

Bubber se concentrait de son mieux, tout dansait autour de lui. Les vertus enchanteresses de la forêt retrouvaient leur pouvoir. La douce lumière du jour frémissait à travers le feuillage épais des hautes futaies, elle inondait tout et donnait vie à toute chose. Il percevait les innombrables cris de milliers de créatures. Toutes avaient une histoire, une vie. « Ecoute-moi ! criaient-elles, écoute mon histoire ! » Bubber comprenait que chaque histoire était fondamentale. Le récit d'une seule d'entre elles eût suffi à occuper tout son temps jusqu'à sa mort. Des milliers de voix l'appelaient. « Ecoute-moi ! » chuchotaient les arbres, les oiseaux et les crapauds. « Ecoute mon histoire ! » chantaient les crickets et le ruisseau voisin, les taupes et les serpents, les moustiques et les écureuils. Ici rien n'était dangereux, il ne rôdait pas de puissance maléfique. Et Bubber se demanda pourquoi, dans toutes les forêts qu'il avait visitées, il n'avait jamais trouvé d'endroit qui lui ressemblât. Etait-ce parce qu'il se sentait en sécurité auprès de l'ours ? Qu'il voyait les choses à travers lui ? Avec sa force ? Ou bien cet endroit était-il véritablement spécial, véritablement magique ?

— Regarde ces bois, répéta l'ours. Il souleva le bras gauche et en retira deux petites souris grises qu'il jeta avec rudesse dans un tas de feuilles mortes. Toute la forêt est en état de fermentation et de décomposition. La lumière ne réchauffe presque jamais la terre. Tout ici est sombre, humide, brumeux. Le sol n'est qu'un amas de feuilles et d'arbres morts putrides, il nourrit les insectes, les vers de terre et toutes sortes de parasites qui détestent la lumière. Et c'est au cœur de cette pourriture, de cette humidité, de cette obscurité que ces arbres magnifiques déposent leurs graines ; cette putridité les protège, les nourrit, les fait pousser. Certains survivent aux insectes et au manque de lumière, ils déploient leurs branches malgré la boue et la pourriture. Quelque chose leur souffle que vivre c'est différent. Ils trouvent, dans ce cloaque obscur, la force de dresser leurs branches jusqu'au ciel ; là, ils respirent l'air pur, ils voient le soleil. Plusieurs savent qu'il s'agit d'un bien auquel ils ont droit ; d'autres savent que c'est trop loin ; ceux-là perdent courage et retournent à la terre. Mais sachant qu'il existe une chance, un petit nombre va tenter l'impossible. Ces arbres-là plongent leurs racines au plus profond de la terre et tournent leurs espoirs au plus haut, vers la lumière qui filtre, lointaine, à travers les feuillages de leurs frères géants ; et un jour, ils commencent à pousser. Plus ils grandissent, plus la lumière les caresse, plus ils puisent dans cette caresse la force de continuer toujours plus haut, toujours plus vite, tandis que leurs racines s'enfouissent de plus en plus loin dans le sol. Ceux qui, pourtant, perdent encore courage sont évincés. D'autres ne trouvent nulle part où planter leurs racines ; quelques-uns s'effondrent à mi-croissance et retournent à l'état de semences. Seuls peu d'entre eux deviennent ces sentinelles immenses qui baignent toute leur vie dans la chaude et douce étreinte du soleil.

L'ours montra d'un geste ample les grands monolithes qui ondulaient sous la brise et il les embrassa d'un regard affectueux.

Bubber décida qu'il était temps de grimper sur les genoux de l'ours. C'était une curieuse idée, mais il s'en moquait. Il poussa de côté un jeune écureuil, et se blottit confortablement contre le poitrail chaud et accueillant. Les yeux clos, l'ours chantonnait. Bubber songea à ne plus bouger ; il serait volontiers resté toute sa vie ainsi blotti comme un bébé sur les genoux de l'ours. Il avait de la « bouillie » dans la tête et il ne sentait plus son corps. Mais c'était bien ainsi. Tout était bien ainsi.

C'est alors que quelque chose de très important traversa sa mémoire ; quelque chose qui expliquait tout dans l'univers. Si seulement il parvenait à s'en souvenir. Il

aurait suffit de donner une simple piche-
nette à sa mémoire pour qu'il retrouve ce
dont il s'agissait, mais il n'était pas en état
de réfléchir.

« Tant pis, c'est bien ainsi, pensa-t-il, tout
est bien ainsi ». Il se demanda ce que sa
famille penserait en le voyant pelotonné sur
les genoux d'un ours ? Ils se moqueraient
sans doute de lui. Tant pis ! Cela aussi,
c'était bien ainsi.

Ainsi, après des mois de doute, de désarroi, Bubber était enfin touché par le pouvoir de l'ours. Il déambulait dans la clairière l'air béat, émerveillé par tout ce qu'il entendait, tout ce qu'il voyait. Lorsqu'il voulait décrire son aventure, on ne le laissait jamais aller au bout, chaque fois, on lui répondait par un sourire entendu ou un patient hochement de tête.

— Je me suis « dissous » ! racontait Bubber avec fièvre. Je me suis réellement évadé en un autre temps et un autre lieu. Je ne faisais plus qu'un avec l'ours. C'est difficile à expliquer.

— Je sais, dit Frou-Frou.

— Ça m'étonnerait, protesta Bubber. J'ai réellement atteint à un autre degré de l'être, à une autre conception de la réalité.

— Intéressant... fit Frou-Frou.

180

— C'était incroyable. Tout est clair, maintenant. Tout prend un sens. Pour la première
fois de ma vie, je me sens enfin vivant.

— Je connais ce sentiment-là, répéta Frou-
Frou.

— Je ne te crois pas ! s'emporta Bubber. Si
tu avais vécu cette expérience, tu serais
plein d'enthousiasme et d'énergie. Tu pro-
mènerais partout un visage épanoui.

Frou-Frou hocha la tête.

Tout le monde hochait la tête.

Ils expliquaient à Bubber qu'ils avaient
tous vécu ce type d'expérience avec l'ours,
mais lui faisait la sourde oreille et refusait
de les croire. Il était convaincu qu'ils ne
savaient pas de quoi il parlait. S'ils l'avaient
su, leur vie en aurait été changée ; elle
suivrait maintenant une courbe achevée et
parfaite. Ils seraient heureux, tous, comme
lui. Ils seraient ours. Ils seraient lions. Il
gratifia bientôt tous ceux qu'il croisait de
longues accolades passionnées, débordantes
d'amour et d'amitié. Il fixait tout le monde
dans le blanc des yeux, cherchant à établir
le contact avec leur intime vérité, avec leur
lion et il éprouvait pour eux une profonde
tristesse, quand ils ne soutenaient pas son
regard. Bubber devint l'ami de tous et de
chacun, que cela leur plaise ou non. Il

devint amoureux de l'univers entier. Même la froideur de Gwen ne le rebutait plus. L'air lui semblait plus léger, boire une gorgée d'eau devenait une expérience prodigieuse.

— Goûtez-moi ça, disait-il lorsqu'il allait à la source. Vous sentez la perfection de cette eau ? Vous sentez comme elle est vivante et pure ? Comme son goût est très précisément celui qu'il doit être ? N'est-ce pas une sorte de miracle ?

— Oui, nous savons... répondaient inlassablement ses amis, en se mordant les lèvres.

Suivant les conseils de l'ours, il s'efforça de mieux connaître ses compagnons de la clairière. Quel était leur passé ? D'où ils venaient ? Frou-Frou lui en avait déjà trop raconté, aussi alla-t-il trouver Gwen. Il espérait, en lui prouvant un intérêt sincère, l'aider à s'ouvrir un peu. Mais elle refusa de coopérer. Elle répondit très poliment qu'il y avait certaines choses dont il valait mieux ne pas parler ; ceci souleva, naturellement, la curiosité de Bubber. Il interrogea les autres. Personne ne savait rien. De curieuses rumeurs couraient... Elle aurait mal agi envers sa famille, ou le contraire. Frou-Frou avait entendu dire une chose, Marion une autre. Rien n'avait de sens. Il interrogea d'autres animaux, en dehors du groupe. Des souris, des oiseaux, des ratons-laveurs qui venaient de temps en temps à la clairière. Il ne récolta que des bruits contradictoires, alors il cessa de poser des questions sur Gwen. Tous ceux à qui il s'était adressé semblaient surtout désireux de lui raconter leur propre histoire ; la plupart d'entre elles, d'ailleurs, abominables. Alors qu'il ne demandait plus rien à personne, il fut assailli par toutes sortes de récits ne décrivant que cruautés, abandons et angoisses ; c'était à se demander comment chacun avait fait pour survivre.

Il interrogea Marion sur sa vie, mais elle haussa les épaules.

— Il n'y a pas beaucoup à dire, répondit-elle. J'étais une cane bien banale, bien ennuyeuse, jusqu'à ma rencontre avec l'ours. Depuis, je suis devenue un lion.

Bubber la soupçonna de lui cacher quelque chose, mais il sentit qu'il valait mieux ne pas insister. En revanche, elle lui raconta l'histoire d'Ida, qu'il connaissait déjà. Par l'ours.

Ida était le petit nabot d'une large portée. Chétive, sans aucun instinct d'agression, personne ne s'attendait à ce qu'elle vive et personne, d'ailleurs, n'y attachait d'importance. Sa mère avait assez de bouches à nourrir. Les attardés n'avaient qu'à suivre la loi des infirmes... On ne faisait pas de sentiment. C'était ainsi, un point c'est tout. Mais, contrairement à ce que ses parents avaient cru, Ida ne mourut pas. Léchant le lait aux lèvres de ses frères et sœurs repus, suçant les noyaux des graines et l'herbe, elle survécut. Bien sûr, elle restait fragile de corps et d'esprit, mais elle vivait. Sa famille la trouva vite embarrassante, sa présence représentait une sorte d'injure envers les lois de la nature. Se sentant rejetée, inutile, elle prit l'habitude de fuguer plusieurs jours de suite. Elle était heureuse, seule avec ses pensées toutes simples, satisfaite de tout ce qu'elle croisait sur son chemin.

Un matin, par hasard, elle débarqua à la clairière. Là, à son grand étonnement, on la traita avec respect et gentillesse. Au début, ses visites furent irrégulières. L'attention dont elle était l'objet la mettait mal à l'aise. Mais bientôt, ce fut pour elle comme une drogue et elle devint une fidèle de la clairière. Sa famille n'avait jamais prêté attention à ses allées et venues. Un jour, ses parents la surprirent en compagnie de l'ours et jugèrent que c'était un affront de plus à leur égard.

— Que fais-tu, là-bas ? lui demandèrent-ils.

— Rien, répondit-elle. Je reste sagement assise.

C'était trop simple, ils ne la crurent pas et ils la détestèrent. Elle n'avait aucune raison d'être heureuse ; l'ingénuité de sa réponse cachait forcément quelque chose. Sa présence leur devint de plus en plus intolérable. Son existence était une gifle permanente, sa survie, une provocation envers les lois et les règles des opossums, si bien qu'un jour, ils lui ordonnèrent de partir, sans autre forme de procès. Personne ne l'empêchait de frayer avec les ours, mais dans ce cas, il était préférable qu'elle fiche le camp et ne revienne plus ! Ida partit sans un mot et se rendit droit à la clairière.

Jamais elle ne chercha à revenir sur le passé. Jamais elle ne se plaignit. Jamais elle n'eut une parole acerbe envers qui que ce soit de sa vie antérieure.

L'histoire d'Ida bouleversait profondément Bubber. Chaque fois qu'il y pensait, il était rongé de remords en se rappelant la façon dont il l'avait traitée, ou même pensé à elle. Il s'aperçut vite qu'il lui suffisait de demander pour que les récits affluent de toutes parts. Tôt ou tard, il n'aurait plus le choix de continuer à juger les autres ou de se croire supérieur à eux.

Sa perception s'améliorait. Il voyait

mieux, il entendait mieux et, pour suivre ses propres progrès, il entreprit d'écrire un journal, ainsi que l'ours le lui avait conseillé.

Au début, il n'écrivit que quelques lignes, de simples notes, afin de ne pas oublier les détails essentiels de sa journée. Mais plus ses yeux s'ouvraient, plus il découvrait de choses dont l'importance le frappait. Très vite, il écrivit tout. Il brossait le portrait de ses amis, il décrivait ce qu'il avait mangé au déjeuner, rapportait des confidences, des discussions, des querelles, des anecdotes. Il devint le chroniqueur de tous les événements de la clairière. Il avait enfin découvert sa raison d'être. Parce qu'il devait souvent citer des extraits —qu'il ne retrouvait jamais à temps — il inventa un système de classement, et organisa les choses afin de tout retrouver en un clin d'œil. Il ouvrit un chapitre sur les biographies, un sur la météo, un sur les recettes de cuisine, un sur ses rêves, un sur l'analyse de ses rêves et également un sur l'analyse des rêves des autres. Il fit un chapitre sur les doléances et les craintes, un sur ses poèmes, un sur le folklore, un sur les rumeurs, un sur les réflexions d'ordre général et pour finir, il consacra un chapitre très important aux activités de l'ours. Il les décrivait dans leurs moindres détails, car il estimait que chacun devait tout savoir sur l'ours.

Bubber citait son journal à tout bout de champ, corrigeant ainsi les défaillances de mémoire, rappelant à chacun ce qu'il avait dit et qu'il aurait, en général, préféré oublier. Rien n'échappait à sa plume satirique et acérée ; les écarts de langage, les conversations les plus anodines, tout se retrouvait transcrit. Il finit par tomber amoureux des mots eux-mêmes et par adorer les manipuler pour en modifier le sens et le ton.

Il n'alla plus travailler à la ferme et pendant que les autres s'échinaient aux travaux agricoles, à la cuisine ou au ménage, il leur lisait de longs extraits de ses écrits.

— Donne-moi ton avis là-dessus, demandait-il à Marion.

Et, il lisait :

— *Mercredi : belle journée d'été resplendissante de pensées ardentes et de rêves alanguis.*

— C'est joli, disait Marion.

— Tu trouves que ça rend bien l'atmosphère de ce mercredi ? demandait Bubber plein d'espoir.

— Ça colle vraiment pile, disait Marion.

— Ecoute un peu... poursuivit Bubber, ce jour-là, feuilletant ses morceaux d'écorce de bouleau. J'ai autre chose de pas mal... *Lundi, cet après-midi, ciel courroucé. Il s'est plaint, il a hurlé sa douleur, puis il a pleuré.* Il leva les yeux vers Marion pour recevoir son approbation. Qu'en penses-tu ?

— C'est très beau. Je ne sais que dire.

— Tu sens, à travers les mots, le but que je poursuis ?

— Je crois... Marion attrapa une grosse marmite qu'elle commença à frotter.

— Essaie de m'expliquer.

Marion réfléchit vite.

— Tu mêles poésie et météo, répondit-elle.

— Très bien. Excellent. Tiens ! continua Bubber, que penses-tu de ça ? Cela te concerne directement. J'aimerais bien ton avis sur ce texte.

Il s'éclaircit la gorge.

— Ce n'est qu'une simple transcription. Le style risque de te sembler un peu plat, dit-il pour se faire pardonner d'avance.

— Ça m'est égal, répliqua Marion du fond de la marmite.

L'ours choisit toujours de curieux instants pour sortir de sa grotte. Ses actes ne semblent pas dictés par des raisons précises. Je demande à Marion, « pourquoi les actes de l'ours sont-ils si décousus ? »

« *Ce n'est qu'une apparence, me répond-t-elle. Ses actes suivent un schéma que tu ne comprends pas.* »

« *Tu comprends-toi ?* » je lui dis.

« *Parfois* », me répond-elle.

Je l'observe sans relâche. Le lundi, elle lui prépare une place pour le petit déjeuner, il vient prendre le petit déjeuner. A midi, elle ne met pas son couvert, il ne vient pas. Le lendemain, elle dresse son couvert aux trois repas, il vient aux trois repas. Le lendemain encore, elle ne lui prépare rien, il ne se montre pas de la journée. Je cherche à surprendre un signe de connivence entre eux. Sans succès.

« *Il te dit quand il va venir ?* » je lui demande. *Elle me répond « non » de la tête. Alors, j'ajoute : « comment sais-tu qu'il va venir ou non ? »*

« *Je le sais, c'est tout* », me dit-elle.

Bubber abaissa l'écorce qu'il lisait et regarda Marion dans la marmite, attendant son verdict.

— Alors ? demanda-t-il.

— Superbe, dit Marion, la tête en bas, occupée à gratter le fond de la marmite.

— Je sais, mais est-ce exact ? demanda Bubber.

— Parfaitement, répondit Marion.

Ensuite, Bubber voulut savoir auprès de

Frou-Frou, s'il était d'accord avec Marion.

Il passait ses soirées seul, relisant ses notes de la journée, bataillant de son mieux contre les vers qui grignotaient sans trêve ses manuscrits.

Et puis un jour, sans raison apparente, l'ours lui ordonna d'arrêter.

— Ça suffit, dit-il. C'est fini. Tu n'écris plus.

— Pourquoi ? demanda Bubber, affolé.

— Tu prends tout ça beaucoup trop au sérieux, tu deviens ennuyeux. Je vais appeler Esope pour qu'il te punisse !

— Mais c'est toute ma vie ! s'écria Bubber. J'ai enfin trouvé un but à ma vie !

— Ce n'est pas ta vie, ce n'est que ton journal ! Je t'ai dit d'écrire un journal pour mettre un peu d'ordre dans ta vie, seulement tu utilises maintenant ta vie pour mettre de l'ordre dans ton journal... La différence est subtile, certes, mais très importante. Tu saisis ce que je veux dire ?

Bubber hocha tristement la tête.

— Que vais-je devenir ? demanda-t-il.

— Autre chose, répliqua l'ours.

Bubber réfléchit.

— Il n'y a rien d'autre, répondit-il, malheureux.

— Ce n'est pas grave, dit l'ours.

Visiblement, que Bubber suive ou non ses intructions lui était bien égal.

Bubber s'interrogea longuement. Allait-il oui ou non mettre un terme à l'œuvre de sa vie ? Il aimait son journal de tout son cœur. Pour la première fois de son existence, il faisait une chose qui lui plaisait. Toutefois, si le but du journal avait été d'apporter de l'ordre dans sa vie et si maintenant l'ours lui ordonnait d'arrêter, c'est que le journal avait sans doute rempli son rôle et n'était plus, aujourd'hui, que la cristallisation de son héritage lemming. Se débarrasser du journal le rapprocherait peut-être de son lion. D'un autre côté, il n'avait guère envie de plier devant l'autorité de l'ours, de se soumettre comme un mouton craintif, inquiet des conséquences que peut entraîner sa désobéissance. Il médita sur la question. Il tergiversa longtemps. Aucun choix ne l'enchantait. Pour finir, il réunit les précieux parchemins, les relia en un dossier épais qu'il balança dans le vide du haut de la montagne. Il regarda les pages s'éparpiller à tous les vents, puis s'assit, découragé une fois de plus, ne sachant plus ni qui il était, ni d'où il venait.

— Rien n'a plus aucun sens, murmura-t-il.

— Mais si, répondit l'ours quelque part derrière lui. Rien a *toujours* un sens. Et ainsi de suite.

Le journal manqua affreusement à Bubber. Il retourna petit à petit travailler à la ferme, mais le cœur n'y était plus. Il n'était plus rien ni personne, à la ferme. N'y ailleurs, si on allait par là. Il n'y avait rien là-bas dont il puisse être fier ; aucune technique, aucun talent qui le rendent unique. Le journal avait envahi sa vie, il l'avait dévoré, il lui avait évité de perdre son temps à se poser des questions, à se torturer la cervelle pour comprendre qui il était, ce qu'il faisait, ou même s'il existait réellement. Désormais il devait rentrer dans le rang, reprendre sa vie d'esclavage et de doutes. C'est du moins ce qu'il ressentit, un jour ou deux. Une fois passée la déprime des premières heures, une fois effacés la mauvaise humeur et le sentiment de s'être fait mener par le bout du nez, il observa qu'il était plus paisible qu'auparavant.

Son intérêt envers son environnement s'était développé, il écoutait mieux les autres, il se montrait plus indulgent, il remarquait des choses dont il n'avait jamais soupçonné l'existence avant le journal. Ainsi, il fut obligé d'admettre que l'ours avait, sans doute, eu raison.

Malgré tout, il songeait souvent avec nostalgie à un détail, à un court poème ou à un mot d'humour, qu'il se surprenait à tracer sur le sable, alors qu'il était occupé à travailler la terre, ou à arracher des herbes. Et il espérait qu'un jour, on l'autoriserait, au moins, à rédiger un petit livre, très court : *Paroles et Proverbes de l'ours*, avec un message par page. Des phrases comme « Très bien. Pourvu que ça dure », ou « Rien a toujours un sens et ainsi de suite », et autres maximes mystérieuses et vivifiantes. Bien que le sens de nombre d'entre elles lui échappât, il les trouvait merveilleuses à observer, à écouter et un jour, qui sait, quelqu'un d'autre leur découvrirait-il un sens ?

En dépit de ses regrets, il finissait par penser sincèrement que tout était pour le mieux. Il n'avait toujours pas l'étoffe d'un lion, mais il lui sembla que, par endroits, l'enveloppe du lemming se déchirait.

Depuis plusieurs jours, Marion se montrait agitée, fébrile et préoccupée, elle faisait tout tomber, elle parlait toute seule, elle oubliait tout, envoyait ses amis sur les roses pour un oui ou pour un non et laissait la clairière, habituellement si propre, dans un état de saleté et de désordre inouï. Comme elle était, dans l'ensemble, le pivot des activités à la clairière, sa mauvaise humeur affecta tout le monde.

— Qu'est-ce qu'elle a ? finit par demander Bubber à Ida, après avoir supporté ses sautes d'humeur toute une semaine.

— Je n'en sais rien, répondit Ida.

— Tu l'as déjà vue dans cet état ?

Ida fit « non » de la tête. Bubber avait été accueilli plutôt fraîchement lorsqu'il avait interrogé Marion sur un plan personnel, aussi n'avait-il pas très envie de recommencer ; cependant, après une semaine de pagaille et de mauvais repas, il était décidé à agir.

— Ida ! cria-t-il à l'opossum qui mettait de l'engrais pour le maïs, va donc demander à Marion ce qui la tourmente.

Ida acquiesça. Elle s'essuya les pattes sur son estomac et partit docilement vers la clairière où Marion préparait le dîner.

— Bonjour ! lança Ida d'un air joyeux.

— Bonjour ! répondit Marion, sans lever les yeux.

— On voudrait tous savoir ce qui te préoccupe, dit Ida, entrant sans détour dans le vif du sujet.

— L'ours est parti, murmura Marion, jetant d'une main distraite quelques légumes dans la marmite.

Plusieurs carottes atterrirent dans le sable, elle se pencha pour les ramasser, les épousseta et les envoya rejoindre les autres.

— Que veux-tu dire ? interrogea Ida.

— Pas autre chose. L'ours est parti. Il n'est plus là.

— Comment le sais-tu ?

— J'en suis sûre. Je le sens.

— Où est-il allé ? demanda Ida.

— Je n'en sais rien.

— Il est parti pour combien de temps ?

— Je ne sais pas où il est allé, comment

saurais-je pour combien de temps ? répliqua Marion sèchement.

Ida traîna encore un peu, espérant recueillir d'autres détails. En vain. Alors, elle retourna à la ferme.

— Marion ne sait pas où est parti l'ours, ni combien de temps il sera absent, annonça Ida.

Frou-Frou et Bubber n'apprécièrent pas beaucoup les sous-entendus du message, ils laissèrent la ferme sous la garde de Gwen et retournèrent à la clairière avec Ida.

— Quelque chose ne va pas, Marion ? dit Frou-Frou.

— L'ours est parti, dit Marion.

— Où ?

— Je n'en sais rien.

— Alors, comment sais-tu qu'il est parti ?

— J'en suis sûre. Je sens qu'il n'est pas là.

— Quelqu'un d'autre a-t-il cette impression ? demanda Frou-Frou.

— Je ne sens rien, dit Bubber.

— Moi non plus, dit Ida. Et toi, Frou-Frou ?

Frou-Frou fit « non » de la tête.

— Et Gwen, poursuivit Ida, si on demandait à Gwen ?

— Je me fiche de l'avis de Gwen, dit Marion sèchement. L'ours est parti, un point c'est tout. Vous l'avez vu ? Est-ce que l'un de vous l'a vu la semaine passée ?

— Maintenant que tu y fais allusion, non je ne l'ai pas vu, dit Frou-Frou, du moins, je ne m'en souviens pas.

— Moi non plus, dit Ida.

— Il se repose peut-être dans sa grotte ? dit Bubber. Il lui est déjà arrivé de rester terré chez lui plusieurs jours de suite.

— Cela n'a rien à voir, dit Marion. Je sais quand il est dans sa grotte et quand il n'y est pas. Je sais faire la différence.

Marion s'était mise à trembler, sans retenue.

— Restons calmes ! dit Frou-Frou. Il faut être certain des faits avant de nous affoler. Il ne partirait pas sans prévenir.

— Il l'a fait, répliqua Marion. Il a prévenu.

— Comment ?

— Il a dit qu'il allait quelque part et qu'il reviendrait bientôt.

— Eh bien voilà, c'est clair, il est là-bas ! Il est allé quelque part et il reviendra bientôt.

— Oui. Mais d'habitude, il ne parle jamais de ce qu'il fait. S'il a envie de partir, il part, c'est tout.

— Bon ben, cette fois, il en a parlé ! conclut Bubber.

— Tu ne comprends vraiment rien ! dit Marion.

Elle commença à déambuler dans la clairière en rangeant tout ce qui lui tombait sous la main, pour se donner une contenance.

— Il n'y a pas de quoi fouetter un chat ! dit Bubber. Il est parti se balader, voilà tout !

— Depuis mercredi ! s'écria Marion. Il est parti en balade depuis mercredi ! Qui l'a vu depuis mercredi ?

Ils se regardèrent tous. Personne ne l'avait vu.

— Vous voyez bien ! conclut Marion. Et il n'est toujours pas rentré...

— Mais tu n'en sais rien, insista Bubber.

— Si, je le sais ! Je le SAIS !

— Il sera parti pour une longue promenade, c'est tout ! dit Bubber. Quel est le problème ?

— Il y a *une semaine*, Bubber, reprit Marion, *une semaine* que personne ne l'a vu...

Elle retourna à ses fourneaux, fuyant la discussion en se plongeant dans la routine. L'ours était parti. Elle n'avait besoin d'aucune preuve, son intuition lui suffisait. Elle luttait contre l'angoisse qui allait lui étreindre le cœur si elle continuait d'y penser. Elle ne supportait pas de perdre encore un être cher. Elle en avait assez souffert.

— Tâchons de savoir s'il est là ou pas, dit Bubber.

— Bonne idée, dit Ida.

— On va monter la garde à tour de rôle devant sa grotte, comme ça s'il sort, on le verra et toutes nos craintes seront dissipées.

— Et s'il ne sort pas ? demanda Ida. On n'en saura pas plus.

Bubber se racla la gorge.

— Si. Nous saurons deux choses, déclara Bubber avec emphase. *Primo*, soit qu'il est parti quelque part ; *deuxio*, soit qu'il est bien là, mais qu'il ne veut pas sortir...

— Bref, on ne sera guère plus avancé que maintenant ! ironisa Frou-Frou.

— Bien sûr que si ! dit Bubber. Maintenant nous nageons en pleine supposition. De cette façon, nous aurons une certitude.

— Si tu le dis ! fit Frou-Frou.

Ils tinrent conseil afin d'organiser les tours de garde et Frou-Frou, qui n'avait aucun mal à rester immobile de longues heures, fut nommé gardien officiel de la grotte.

Il s'allongea devant l'entrée, certain de voir l'ours pointer très vite le bout de son nez. Cependant, après deux jours de garde, le sentiment irrésistible que la grotte pourrait bien être vide s'empara de lui.

— Quelles nouvelles ? demanda Bubber,

comme à chaque visite qu'il lui rendait pour faire le point.

Frou-Frou hocha la tête.

— J'ai bien l'impression qu'il n'est pas là.

— Pourquoi ?

— Il n'y a pas le moindre bruit.

— Il dort peut-être...

— Je ne pense pas. J'aurais perçu un râle ou un ronflement de loin en loin, or je n'ai rien entendu. Aucun signe de vie ne vient de l'intérieur. Aucune chaleur, aucune odeur... Pas la moindre petite présence d'ours...

— Tu as dormi depuis que tu es ici ? demanda Bubber.

— J'ai somnolé une fois ou deux.

— Il aura pu entrer ou sortir une douzaine de fois durant ton sommeil...

— Ça m'étonnerait, dit Frou-Frou. Je l'aurais entendu et je me serais réveillé. De toutes façons, je ne me suis jamais trouvé seul ici très longtemps.

— Il sait être drôlement silencieux, quand il veut, dit Bubber.

— On va rester encore un peu, ainsi on sera fixé, dit Frou-Frou.

Ils continuèrent à monter la garde. Au bout de quatre jours entiers d'une surveillance sans relâche, les craintes de Marion leur parurent de plus en plus justifiées.

— Il n'est pas là, dit sombrement Frou-Frou.

— On n'en est toujours pas sûr... dit Bubber. Le doute subsiste. Il y aurait bien un moyen d'être absolument certain de son départ...

— Comme « visiter » la grotte, par exemple ?

— Oui. Par exemple, fit brièvement Bubber. En dernier ressort. Je pense qu'il ne nous en voudrait pas d'aller jeter un œil à l'intérieur.

— Je ne peux pas te suivre dans cette idée, dit Frou-Frou.

— Un coup d'œil rapide... Juste pous nous rassurer. On ne ferait qu'entrer et sortir.

— Sans moi, répliqua Frou-Frou avec dignité.

— Ce n'était qu'une idée, dit Bubber.

Et le sujet fut clos.

— On pourrait se poster sur le seuil de la grotte et crier ? proposa Bubber. Il aura bien une réaction ? Si toutefois il est là...

Frou-Frou pesa le pour et le contre, puis il estima que cela valait la peine d'en parler à Marion. Elle jugea l'idée assez bonne. Puisque, de toutes façons, il n'était pas là, cela ne pouvait pas le déranger beaucoup.

— C'est juste au cas où, Marion, dit Frou-Frou, juste pour s'en assurer.

— Comme vous voulez, dit-elle.

Frou-Frou, Bubber et Ida s'alignèrent devant l'entrée de la grotte et appelèrent l'ours. Ils tendirent attentivement l'oreille pour ne pas manquer la réponse. Ils recommencèrent plusieurs fois de suite, sans résultat. Seul l'écho de leur propre voix leur répondit. Ils finirent par abandonner ; certains, pour la première fois, qu'il était bien parti. De retour à la clairière, ils s'assirent autour du feu, le regard perdu dans les flammes, sans dire un mot.

Après un long silence, Bubber parla.

— Et maintenant, qu'est-ce qu'on fait ?

— Qu'est-ce qu'on peut faire ? commenta Marion d'un ton maussade, qui n'impliquait pas de réponse.

— On ne va pas rester assis là les bras ballants, dit Bubber. Il a pu tomber dans un ravin... Est-ce que je sais, moi ? Il a pu être attaqué... Il est peut-être étendu quelque part à attendre qu'on lui vienne en aide. Pendant ce temps-là, on est tous à se lamenter, alors qu'il court un grand danger. Je propose qu'on parte à sa recherche, qu'on ratisse toute la région. On relèvera les moindres indices, on demandera à tous ceux qu'on croisera s'ils l'ont vu ou s'ils ont entendu parler de lui.

— Bonne idée ! dit Frou-Frou, heureux d'agir.

Et ils partirent tous les quatre à la recherche de l'ours.

Ils s'égayèrent dans des directions différentes, déterminant d'avance les lieux où ils se retrouveraient pour faire le point dans la journée. En chemin, ils criaient son nom, ils interrogeaient tous ceux qu'ils croisaient, tâchant de savoir qui l'avait vu. Mais personne n'avait de ses nouvelles. Personne n'avait vu l'ours. Personne n'en avait même entendu parler.

A la fin de la journée, fatigués, découragés, ils retournèrent à la clairière.

La soirée fut très calme. Ils parlèrent peu et toujours en chuchotant. Assis autour du feu pour se réchauffer, chacun se confinait dans sa rêverie. Ce soir-là, Bubber observa discrètement Marion. Sa foi en l'ours avait toujours paru inébranlable. L'ours pouvait faire n'importe quoi, elle trouvait toujours un moyen de le justifier, de faire en sorte que ses actes semblent toujours raisonnables. Ce départ inopiné n'aurait pas dû la bouleverser aussi profondément.

L'émotion de Marion faisait perdre pied à tout le monde, elle accentuait les difficultés. Que Bubber soit déboussolé, passe encore, mais que Marion le soit, ce n'était pas normal. Elle aurait dû se montrer plus forte. Il faillit le lui faire remarquer, mais il se ravisa. Elle était dans un tel état de fébrilité, qu'il valait sûrement mieux lui ficher la paix.

— Alors, qu'est-ce qu'on fait, maintenant ? demanda Ida, pleine d'espoir.

— Ça me dépasse, dit Bubber.

Il ramassa quelques cailloux qu'il jeta, au hasard, contre une feuille de l'autre côté de la clairière.

— Je suppose qu'on continue comme si de rien n'était, dit Frou-Frou. Que faire d'autre ?

— Il aurait pu nous tenir au courant, dit Bubber. Je sais bien qu'il est particulier, mais tout de même, il aurait pu nous dire « je pars pour une *longue* balade », c'est vrai, non ? Je ne vois pas ce qui l'en empêchait ?

— Il ne pouvait peut-être pas ? murmura Ida.

— Il aurait pu nous prévenir, fit Bubber.

— Si ça se trouve, il ignorait qu'il allait s'absenter si longtemps, dit Frou-Frou, et il est aussi surpris que nous.

— Je croyais qu'il savait toujours tout ! dit Bubber. Comment ignorer, dans ce cas, qu'il risquait de partir pour une longue promenade ?

— Tu ne sais pas ce qu'il avait en tête, répliqua Frou-Frou.

— Possible. Mais je vais être honnête avec vous, dit Bubber, en ce qui me concerne, il a très mal choisi son moment. J'étais sur le point de franchir une étape décisive. Je viens d'abandonner mon journal et tout ce qui s'en suit et il aurait mieux valu pour moi qu'il reste parmi nous, jusqu'à ce que j'y vois vraiment clair. A mon humble avis, ce n'était pas le moment qu'il fiche le camp.

— Tu ne trouves pas ta réaction un peu égocentrique ? dit Frou-Frou. Le monde ne gravite pas autour de toi parce que tu as enfin décidé de devenir adulte. Le monde tourne, mon vieux, il continue de s'y dérouler des événements.

— Une promenade « n'arrive » pas. On la décide.

— Qu'est-ce que nous en savons ?

— Dans ce cas, *que* savons-nous, à la fin ? demanda Bubber en colère. Je croyais qu'il était l'exemple suprême, l'exemple idéal à suivre. Et si on se mettait, aussi, à disparaître chaque fois qu'il nous en prend l'envie ? Si on ne revenait plus ? Que deviendraient toutes vos belles théories ? Toutes ces belles idées, déjà pas évidentes à avaler, comme devenir des lions, et j'en passe, hein ? Comment croire à cette histoire de lions, alors qu'on n'est même pas capable de savoir la durée d'une simple promenade ?

— Il a promis de revenir bientôt, dit Ida.

— Et alors ? rétorqua Bubber, durement.

— Ben... c'est peut-être encore trop tôt...

— Ida ! reprit Bubber, crois-moi, « bientôt » est passé depuis longtemps.

— Et la volonté de Dieu, tu y as pensé ? Et les accidents ? dit Frou-Frou.

— Il devrait en savoir assez pour prévenir de tels écueils. Pourquoi n'a-t-il pas dit « sauf imprévus, accidents ou volonté divine, je vous reverrai bientôt » ou quelque chose d'approchant ?

— D'après moi, notre problème vient du mot « bientôt », avança Frou-Frou.

— Pas d'accord, dit Bubber. « Bientôt » ne me pose aucun problème. Mon seul problème vient de ce que l'ours l'a dit sans le penser.

— Tu n'en sais rien ! s'exclama Marion. Pour lui, le mot « bientôt » peut avoir un sens différent.

— Il n'avait qu'à le dire ! Il n'avait qu'à utiliser ce mot dans le même sens que moi ! De temps en temps, il pourrait donner aux mots le même sens que nous autres ?

— Il voulait peut-être qu'on apprenne le sens que lui leur donne ? suggéra Marion.

— Ecoute, Marion ! Regardons les choses en face. Une demi-heure c'est « bientôt », demain matin c'est « bientôt », deux semaines ce n'est plus « bientôt » !

— Nous nous engageons sur un terrain dangereux ! dit Frou-Frou pour calmer le débat.

— Ça fait dix jours qu'il est parti, dit Marion. Dix jours exactement.

— Dix jours, depuis que *tu as eu le sentiment* qu'il était parti, corrigea Bubber. Car, si il est parti, rien n'a changé. De toutes façons, on le voyait très peu quand il était ici. Il passait presque tout son temps dans sa grotte. Quand il montrait le bout de son nez c'était pour grommeler que nous étions des lions, puis il retournait se terrer dans son antre, des jours entiers. Alors finalement, il n'y a pas grand-chose de changé. Où est la différence ?

— Tu es un cerveau ! dit Marion. Personne ne vous bat Frou-Frou et toi sur le plan du raisonnement, mais vous n'avez ni cœur ni âme.

— Et pourquoi, je te prie ? ironisa Bubber. Parce que nous ne nous conduisons pas de manière hystérique, comme toi ? Si nous devenions tous cinglés, tu en serais plus heureuse ?

— L'ours n'aimerait pas cela, fit Ida, très calme.

— Non, il n'aimerait pas, reprit Frou-Frou. Il n'aimerait pas du tout.

Au prix d'un gros effort sur lui-même, Bubber se tourna, plein de dignité vers Marion et s'adressa à elle d'un ton bourru.

— Je te demande pardon, dit-il.

— Ce n'est rien, répliqua-t-elle doucement.

— « *Nous ferons du bois de chauffe de nos querelles* », murmura Frou-Frou.

— Ça veut dire quoi ? demanda Bubber.

— L'ours disait ça. Chaque fois que les choses se compliquaient trop, il disait « *nous ferons du bois de chauffe de nos querelles* ».

— Mais ça veut dire quoi ? répéta Bubber.

— Je ne sais pas... souffla Frou-Frou.

Ce n'était pas le moment idéal pour discuter de ce point particulier, mais Frou-Frou voulait calmer le débat et il ne savait pas comment s'y prendre.

— Pourquoi dis-tu ça ? demanda sèchement Bubber.

— Sans raison... répondit Frou-Frou. Et il s'éloigna en roulant sur lui-même. Il préférait être seul.

Depuis l'enfance, Couguar était la proie de crises de neurasthénie qui le terrassaient, lui laissant le sentiment d'être vide, inutile et mort. Ces dépressions le prenaient toujours au dépourvu car ce qui les motivait ne rimait jamais à rien. C'était chaque fois une raison absurde et sans fondement. Des riens. Le regard d'un étranger... Un rêve dont il n'arrivait pas à se souvenir... Un repas qu'il sautait... Dès qu'il ne se méfiait pas, dès qu'il se montrait trop sûr de lui ou trop heureux, la déprime revenait rôder dans l'ombre, prête à fondre sur lui, à le clouer au sol. Lorsqu'il était plus jeune, une fois la crise passée, il était encore capable de l'oublier, mais avec l'âge, ces états dépressifs s'accentuèrent, se prolongèrent et soulevèrent chez lui un désespoir si profond qu'il songeait souvent à se jeter contre un arbre, la tête la première pour en finir. C'était ça ou bien appeler l'ours à son secours. A priori, il préférait se jeter contre un arbre, c'était moins humiliant. Mais l'idée du choc, de l'impact, précisément, lui semblait de très mauvais goût. Alors, la queue basse, il s'en allait consulter l'ours.

— Je ne peux rien pour toi, répétait l'ours à chaque fois. Tu es un félin. Il n'y a rien à faire. C'est ton destin. Ce sera toujours ainsi.

— Je ferai n'importe quoi, suppliait Couguar.

— C'est faux, grognait l'ours. Je te connais, tu ne feras pas n'importe quoi.

Et il feignait de s'éloigner.

Couguar pleurait, gémissait, se cramponnait à l'ours.

— Mets-moi à l'épreuve, geignait-il. Propose-moi quelque chose de difficile. Je te montrerai de quoi je suis capable.

— Reste assis, sans bouger et l'estomac vide, dix minutes d'affilée, disait l'ours, espérant ainsi clore la discussion.

— Tu te fiches de moi, pas vrai ? disait Couguar, retenant l'ours de toutes ses forces. C'est tout ? Après tu m'accepteras ? Tu m'aideras ? Tu m'aimeras ?

— Reste simplement assis dix minutes sans bouger et l'estomac vide, répétait l'ours.

La première fois, Couguar pensa qu'il cherchait à l'humilier, puis à force de rece voir la même réponse à cette question, il se décida à suivre la suggestion de l'ours. A de multiples reprises, il essaya. A peine installé, des petites voix impatientes surgies du fond de son être le titillaient de toutes parts, le rendant affreusement nerveux, il commençait à s'agiter, à frapper le sol avec la queue et en désespoir de cause, il abandonnait au bout d'une minute ou deux. Cette épreuve était une belle foutaise et son incapacité à la réussir tellement frustrante qu'il en éprouvait de violentes colères qui le plongeaient dans de nouvelles dépressions, plus profondes encore.

C'était un véritable cercle vicieux. Ours l'écoutait, de loin, manifester son désespoir ; il hochait tristement la tête, espérant de tout son cœur que Couguar lui ficherait enfin la paix. Cependant, chaque fois qu'il allait mal, Couguar revenait. Il posait la même question et recevait invariablement la même réponse.

— Je déteste cette épreuve, Ours, disait-il, je déteste rester assis sans bouger, tu le sais bien. Trouve autre chose.

— Quoi, par exemple ? demandait l'ours.

— Quelque chose de plus intéressant. Quelque chose qui nécessite un peu de jugeote. Quelque chose dont je puisse être fier après l'avoir fait.

— En d'autres termes, une chose que tu sois sûr de réussir ?

— Je ne comprends pas, disait Couguar.

— Tant pis pour toi, disait Ours, qui voulait s'en aller.

— Une épreuve ! Une épreuve ! Mets-moi à l'épreuve ! suppliait Couguar. N'importe laquelle !

— Reste assis, sans bouger et l'estomac vide, durant dix minutes, répétait l'ours.

— Pourquoi est-ce que tu ne fais jamais faire ça aux autres ? hurlait Couguar. Pourquoi est-ce toujours moi qui récolte les trucs les plus débiles ?

— Chacun a la même chose à faire, disait l'ours et il envoyait promener Couguar pour s'en retourner dans sa grotte.

Ainsi étant donné les circonstances, Marion ne s'étonna pas de voir arriver à la clairière Couguar qui rampait la queue basse. Il avait les yeux injectés de sang, la truffe sèche, le poil terne et sale. En un clin d'œil, elle comprit la situation.

— Où est-il ? demanda-t-il d'un ton pathétique. Il vient dîner ?

— Sans doute pas, dit Marion.

Elle jeta un regard prudent vers ses amis, espérant que personne ne parlerait.

— C'est bien ma veine, dit Couguar. Tant

pis, je vais l'attendre. Je resterai un peu, si ça ne dérange personne.

Il se laissa lourdement tomber sur le côté, en haletant.

— Qu'est-ce qu'il y a Romo ? lui demanda Frou-Frou avec froideur. Qu'est-ce qui t'arrive ?

— Je ne vais pas bien, se plaignit le fauve, tragique. Ma tête. J'ai mal à la tête.

— Comment ? Qu'est-ce que tu as dit ? cria Marion. Tu es incompréhensible.

— Je ne me sens pas bien, dit Romo, en haussant la voix. Je ne vais pas bien. Je suis malade.

— Vas-donc t'asseoir sous les arbres ! explosa Marion. Eloigne-toi de nous. Tu ne voudrais pas contaminer tout le monde.

— Désolé ! dit-il. Le fauve se leva et se dirigea près des arbres. Ce n'est pas contagieux. C'est ma tête qui fait des siennes. Je délire... C'est la tête... J'ai des visions.

Il s'allongea et recommença à trembler et à grogner, le regard vitreux.

— Quel gâchis ! dit Bubber, pris entre la pitié et le dégoût.

— Ne t'inquiète pas pour lui, murmura Marion. Son malaise annonce le changement de saison. Il se montre tout miel tout sucre, mais c'est la créature la plus impitoyable que j'ai jamais vue de ma vie.

Chaque fois qu'on lui rend la monnaie de sa pièce, il se précipite auprès de l'ours, comme si le monde s'écroulait. Il ne supporte pas l'idée d'être mortel. Regarde-le. Un cadavre ambulant. Dis-moi, Romo ! lui cria-t-elle, tu veux manger ?

Il fit « non » de la tête.

— Je ne garde rien. Je suis trop barbouillé, répondit-il, se pelotonnant comme un chat. Comme c'est bon d'être ici ! Sa voix tremblait d'émotion. J'oublie toujours quelle paix règne ici, et votre gentillesse à tous. Je ne sais pas pourquoi vous me supportez.

Il se mit à pleurer en silence.

Bubber interrogea Marion du regard, mais d'un mouvement de tête, elle lui fit comprendre qu'elle avait déjà entendu ce discours.

— Je suis malade ! Bien malade ! continua Couguar. Je me déteste. Je fuis tout ce qui est bien. Je n'ai confiance en personne. Je ne crois plus en rien. Je suis arrogant, méprisant, orgueilleux. Pourquoi ? Quelqu'un pourrait-il m'expliquer comment j'en suis arrivé là ?

Bubber, incapable de supporter plus longtemps un chagrin pareil, s'approcha du félin afin de le réconforter.

— Calme-toi, lui dit-il en lui tapotant l'épaule, essaie de dormir.

— Je n'ai pas envie de dormir.

— Tu te sentirais mieux après.

— Ecoute, je sais que c'est par gentillesse, mais je préférerais que tu ne me parles pas comme à un bébé de deux ans. Seule la vérité peut m'aider. Pas le baratin. Pas avec moi.

— Désolé, dit Bubber. Je ne voulais pas te paraître protecteur.

— Je me moque des solutions bouche-trous. J'en ai marre qu'on me facilite la tâche. Je sais que tu essaies de me protéger, je connais ce ton-là, je l'ai trop souvent pratiqué moi-même pour ne pas le reconnaître. Tu as cru bien faire, je sais, mais ne recommence plus jamais.

— Je voulais seulement être gentil, se défendit Bubber. C'est en général ce qu'on dit pour être gentil...

— Ce sont des lieux communs. De vieux adages. Des placebos. Ils ne m'aideront pas. Dis-moi sincèrement ce que tu penses, ce sera plus utile, sinon je vais devenir cinglé.

— C'est bientôt fini, oui ! gronda Marion. Tu déprimes tout le monde.

— Pardon ! dit Couguar, filant doux sur-le-champ. Je ne pensais pas ce que j'ai dit. Je ne devrais pas rester avec vous. Je vais aller attendre l'ours ailleurs.

Il se leva et se dirigea vers la grotte.

— Il ne manquait plus que ça ! s'exclama Frou-Frou, dès que le fauve fut suffisamment éloigné.

— Pas la peine de s'en faire, répondit Marion. Il va attendre un peu l'ours, il finira par perdre patience, puis il partira vexé, comme d'habitude.

— Espérons-le, dit Ida.

Ils s'attendaient à ce que Couguar fasse du tapage, qu'il marque son impatience, mais le plus grand silence régna toute la soirée. Le fauve ne se manifesta point et, au bout d'un certain temps, ils supposèrent même que, lassé, il était parti. Cependant, le lendemain matin, en passant devant la grotte pour aller cueillir des baies, Ida l'aperçut sagement allongé face à l'entrée, la tête posée sur les deux pattes avant, comme un chien. Elle lui fit « bonjour » de la tête, il grommela une vague réponse. Ce fut tout. Elle retourna tout de suite prévenir les autres.

— Il est toujours là ! annonça-t-elle tout essoufflée.

— Splendide ! s'exclama Marion.

— Qu'est-ce qu'on fait ?

— Rien, dit Marion, on mène notre vie, comme si de rien n'était.

— Et s'il ne s'en va pas ?

— Il partira. Il s'ennuiera et il partira.

Comme d'habitude.

— Mais s'il ne part pas ?

— Mais si... mais si... s'impatienta Marion, mais si les poules avaient des dents !

— S'il découvre que l'ours est parti ? On fera quoi ?

— Je n'en sais rien ! dit Marion. Je suis comme toi. Je ne suis pas plus avancée.

Plus tard, cet après-midi-là, Couguar vint à la ferme, où Bubber était en train de travailler. Visiblement, il était préoccupé.

— J'ai l'impression qu'il n'est pas là, dit-il à Bubber. Il agitait nerveusement la queue de droite et de gauche.

— Tu as l'impression que *qui* n'est pas là ? répondit Bubber.

— L'ours ! dit Couguar. Je crois qu'il n'est pas dans sa grotte.

— Oh, il est forcément là... dit Bubber, essayant de retarder le plus possible l'inévitable aveu.

— Il n'y a aucun signe de sa présence à l'intérieur.

— Tu es entré ? demanda Bubber inquiet. Tu es entré dans la grotte ?

— Bien sûr que non, dit Couguar. Mais on n'entend pas le moindre bruit, on ne sent pas la moindre odeur... Il n'est pas là.

— Je suis certain qu'il est là... Bubber grimaça un sourire.

— Je ne crois pas ! dit Couguar. En plus je pense qu'il est parti depuis un certain temps.

— Je suis convaincu que tu te trompes !

— Quand l'as-tu vu pour la dernière fois ?

— Attends un peu... La dernière fois où je l'ai vu... Bubber ne trouva rien à répondre. Je préfère demander à Frou-Frou.

— Pourquoi ? C'est à toi que je pose la question, pas à Frou-Frou, dit Couguar. Quand l'as-tu vu pour la dernière fois ?

— C'est que nous étions ensemble, la dernière fois où j'ai vu l'ours, s'excusa Bubber et il se précipita auprès de Frou-Frou.

— Couguar se doute que l'ours est parti, murmura-t-il. Qu'est-ce que je lui dis ?

— Comment ?

— Exactement comme nous tous, dit Bubber. J'essaie bien d'embrouiller les cartes, mais il ne marchera pas éternellement. Je n'aime pas le voir rôder par ici.

— Moi non plus.

— Si on lui disait qu'on ne veut pas le voir traîner dans les parages en ce moment ?

— D'accord ! Qui va le lui dire ?

— Humm ! fit Bubber. Il pensa immédiatement à Marion.

Il retourna voir Couguar.

— Frou-Frou ne se souvient pas non plus de la dernière fois où il a vu Ours.

Bubber grommela une vague excuse et fila trouver Marion pour lui expliquer la situation.

— Qu'est-ce qu'on lui dit ? demanda-t-il.

— Rien.

— Il va finir par soupçonner quelque chose. Il faut qu'on lui parle.

— Pourquoi ?

— Pourquoi ? Comment, pourquoi ? Mais si on ne lui dit rien, on va l'avoir dans nos pattes jusqu'à la fin de nos jours !

— Invente une histoire, dit Marion. Raconte-lui ce que tu veux.

Bubber réfléchit à un certain nombre d'explications plausibles aux yeux de Couguar.

— Tiens ! Ecoute ça, dit-il. Ours est allé voir son frère aîné et il doit revenir ici avec lui...

Marion trouva l'idée épatante. Bubber retourna auprès de Couguar, mais il ne lui dit rien, les mots ne venaient pas. Il avait la gorge sèche. Il avait pourtant trouvé une bonne histoire, elle aurait évité bien des problèmes. Un certain temps, du moins. Le seul risque était que quelqu'un ne s'emmêle les pédales ; Ida, par exemple. Auquel cas, Couguar deviendrait soupçonneux et ils se retrouveraient tous coincés dans une situation encore plus délicate.

Couguar fut sur le sentier de la guerre toute la journée. Il remontait un chemin, il en descendait un autre, il scrutait l'entrée de la grotte, il ruminait chaque détail, puis il recommençait. Il ne parlait pas beaucoup mais ce soir-là, en revenant à la clairière, il écumait de rage.

— Quand avez-vous vu l'ours pour la dernière fois ? tonna-t-il.

C'était la question que tout le monde redoutait.

— Il y a quelques jours... dit Ida.

— Combien de jours ?

— Cinq... A peine, cinq... dit Frou-Frou, feignant de creuser sa mémoire.

— Ce ne serait pas plutôt douze ! explosa Couguar. Pourquoi ne pas m'avoir dit qu'il était parti depuis une semaine et demie ?

Vous me laissez tourner en rond comme un crétin, et personne ne me dit rien.

— Nous n'étions pas très sûrs... bredouilla Bubber.

— Tu mens ! hurla Couguar. Chaque crapaud, chaque mouche de la région sait qu'il est parti. N'essayez pas de jouer au plus fin avec moi. Il fit le tour de l'assemblée, posant sur chacun un regard soupçonneux. Pourquoi est-ce que vous me cachez des trucs ?

— On ne te cache rien, dit Bubber gentiment. Tu étais tellement bouleversé, on a pensé que c'était préférable. Vu ton triste état, on n'a pas voulu envenimer tes problèmes.

— Je t'ai déjà dit que je détestais qu'on me baratine ! s'énerva Couguar. Je veux des réponses franches.

— On le sait bien... Mais on n'était pas sûrs que tu puisses assumer la vérité. Maintenant on sait, dit Bubber. Ça ne se reproduira plus. Désolé.

— Alors, où est-il ? insista Couguar.

— Il a dit qu'il allait rendre visite à son frère aîné, marmonna Bubber, et qu'il le ramènerait... Quelqu'un d'autre l'a-t-il entendu dire ça, ou suis-je le seul ?

— Je n'ai rien entendu de semblable, dit Ida.

Marion et Frou-Frou hochèrent la tête. Ils n'étaient pas au courant, l'ours n'avait rien évoqué devant eux.

Le sujet fut clos.

— Je me suis peut-être trompé... dit Bubber.

— Vous êtes allé voir dans sa grotte ? demanda Couguar.

— Pour quoi faire ? s'enquit Frou-Frou.

— Il a peut-être laissé un mot, un message ?

— Nous n'allons pas dans sa grotte, dit Marion.

— Pourquoi ? fit Couguar. C'est le premier endroit où chercher, si on veut s'assurer qu'il est là ou pas.

— Nous n'allons pas dans sa grotte ! répéta Marion, avec humeur cette fois.

— J'ai un besoin impérieux de le voir, dit Couguar.

— Nous avons tous besoin de le voir ! (Ses plumes se hérissaient, Marion était exaspérée).

— J'en ai mille fois plus besoin que vous ! hurla Couguar. Regardez-moi ! Regardez dans quel état je suis.

Il étendit une patte devant lui, elle tremblait comme une feuille.

— Vous voyez ? Il ajouta d'un ton accusateur, personne ne tremble comme moi.

Il s'allongea sur le dos, bloquant ses deux pattes avant sous les aisselles pour les empêcher de bouger et il fixa le ciel d'un regard irrité.

— Je vais pousser le cri libératoire afin qu'il revienne, dit-il soudain.

— Bonne idée ! fit Marion.

— Voilà ! C'est décidé. Je vais m'asseoir devant la grotte et crier toute la nuit. Ça fera peut-être avancer les choses. J'aurai peut-être une vision de l'endroit où il se trouve, ou bien j'entendrai des voix, que sais-je encore !

« Tu parles ! pensa Marion. Crier toute la nuit ! Il n'a pas poussé le cri libératoire plus de deux minutes depuis au moins cinq ans ! »

Couguar se leva d'un bond et partit en direction de la grotte. Tous poussèrent un soupir de soulagement.

— On devrait en être débarrassé, murmura Frou-Frou. Il va hurler trente secondes, après il en aura marre et il retournera d'où il est venu.

— Espérons-le, fit Marion.

Ils avaient achevé leurs travaux, ils allaient enfin prendre un peu de repos, lorsque le cri de Couguar s'éleva dans l'air du soir. Un cri plein de fureur, un cri discordant, nasal, lancinant, un cri qui faisait grincer des dents.

— Bah ! Ça ne durera pas... dit Marion

— Espérons ! répondit Frou-Frou.

A leur grand étonnement, Couguar trouva l'énergie, la force morale ou la foi, Dieu seul le sait, de crier jusqu'à l'aube ; empêchant tout le monde de dormir, par la même occasion.

— Y'a pas à dire, il le pousse son cri ! articula Bubber en bâillant, vers les quatre heures du matin. Il faut lui rendre cette justice. Il a plus d'énergie que moi. Il tient depuis plus de sept heures, et sans faiblir encore !

— Il a bien choisi son heure, celui-là ! grommela Marion, les yeux clos.

— Evoluer, c'est toujours évoluer... Quel que soit le moment choisi, dit Bubber. Tu dois au moins lui rendre cette justice !

— Peut-être... Mais empêcher les gens de dormir la nuit, c'est toujours empêcher les gens de dormir ! rétorqua Marion.

— Comment réagirait Ours face à une telle situation ? interrogea Frou-Frou.

— Il n'aurait pas besoin de réagir, dit Marion. Jamais Couguar n'oserait faire un tel tapage si Ours était là.

— Imagine qu'il le fasse tout de même, quelle serait la réaction de l'ours ?

— Qui sait ? fit Bubber. Bien malin celui qui peut prédire les réactions de l'ours...

— Si on se mettait à crier tous ensemble pour le savoir ? proposa Ida.

— Bonne idée ! dit Frou-Frou. Puisque Couguar crie pour qu'il revienne, on peut bien crier pour recevoir ses instructions.

— On devrait aussi crier pour qu'il revienne, intervint Bubber. Si Romo le fait, on peut bien essayer, nous aussi.

— Puisque lui le fait, moi je ne le ferai pas en tout cas ! dit Marion.

— Mais il crie pour la bonne cause, alors pourquoi pas nous ?

— Fais-le si tu veux, moi je me refuse à l'imiter. Je ne me permettrai jamais d'intervenir dans la vie de l'ours. S'il est parti, c'est qu'il le devait et si je crie pour qu'il revienne, je risque de compromettre ses projets. *Qu'en penses-tu Gwen ?* demanda Marion à brûle-pourpoint, se tournant vers la biche avec une violence inattendue.

Gwen sursauta comme si elle avait été mordue.

— Je... Je n'ai pas encore décidé, dit-elle en grattant nerveusement le sol.

C'était bizarre d'entendre le son de sa voix, il y avait si longtemps qu'elle n'avait parlé à personne.

— En tout cas, c'est mon avis, dit Marion en se retournant vers les autres. Il n'est pas question que j'intervienne sur le cours des événements.

— Tu as raison, dit Frou-Frou, il faut être très prudent lorsqu'on décide de pousser le cri. Ce n'est pas toujours une bonne idée de déranger « l'ordre des choses ».

— Comment savoir ce qui est sensé être et ce qui ne l'est pas ? demanda Bubber. Voilà qui mériterait, selon moi, une discussion approfondie, car si nous n'avons pas le droit de changer « l'ordre des choses », nous ne devrions jamais crier. Pour rien. Nous devrions nous contenter de « l'à-peu-près ». Un point c'est tout.

— Et c'est quoi « l'à-peu-près » ? dit Marion.

— Dans quel contexte ? demanda Bubber.

— Je ne sais pas, moi, c'est toi qui soulèves le problème...

— Oh, un tas de choses différentes... vous ne croyez pas ? dit Bubber.

— C'est bien ce qu'il me semblait...

— Attendez un peu, je m'y perds, dit Frou-Frou. Vous en êtes où, là ?

— Si tu as une idée de cet « à-peu-près », alors annonce la couleur ! hurla Marion, sinon passe à autre chose !

— Ecoutez, il est quatre heures du matin, implora Frou-Frou, on ne pourrait pas s'attaquer aux problèmes philosophiques délicats à un autre moment ? Et il enfouit sa tête sous un rocher, le plus profondément possible.

— Voilà ce qu'on va faire, proposa Bubber. On va crier pour voir ce qu'Ours ferait, ensuite on suivra son conseil.

— Qui prétend être capable de faire la même chose qu'Ours ? demanda Marion.

— D'accord ! soupira Bubber, résigné. Alors, crions pour savoir ce qu'Ours voudrait que *nous* fassions... C'est mieux comme ça ?

— Très bien, dit Marion.

— Tout le monde est d'accord ? demanda Bubber.

Tout le monde murmura « oui ».

— *Toi aussi, Gwen, tu es d'accord ?* lança Marion d'un ton revêche.

— Oui, oui, bien sûr, s'empressa-t-elle de répondre.

— Bon ! Allons-y ! grommela Marion.

Ils s'assirent en cercle dans le plus grand silence. Chacun attendait que son voisin commence et, comme personne ne se décidait, Bubber se racla la gorge et parla.

— A l'attention de la personne concernée, commença-t-il respectueusement. Puisse ce cri libérer totalement notre esprit, afin que l'ours entende notre appel et qu'il nous dise ce qu'il attend de nous. Dans l'espoir d'une réponse prompte, dans l'espoir d'avoir la sagesse nécessaire pour en comprendre le sens, quand elle se présentera, si elle se présente, nous demeurons de tout notre cœur tes amis fidèles de la clairière.

Puis, très doucement, Bubber entonna le cri. Un à un, les autres se joignirent à lui. A maintes reprises, l'ours avait suggéré qu'ils crient tous ensemble, mais c'était leur première tentative. Au départ, le son fut décousu, maladroit et un peu confus, puis, il trouva ses propres nuances et bientôt le bourdonnement s'élevant de leur corps ressembla de près au propre cri de l'ours. C'était très excitant, très inquiétant aussi, si bien qu'ils s'arrêtèrent presque sur-le-champ.

— Quelqu'un reçoit quelque chose ? demanda Bubber.

— Pas grand-chose, dit Ida. En gros, j'ai juste pensé à l'ours, il hochait la tête et il s'en retournait dans sa grotte.

— Pas moi, dit Frou-Frou. Je me suis imaginé que j'écrasais la tête de Couguar avec un caillou.

— Tout ça ne nous aide pas beaucoup, dit Bubber.

— J'ai pensé presque la même chose qu'Ida, dit Marion. J'ai vu l'ours assis qui observait longuement Romo.

— Moi aussi, dit Frou-Frou.

— Ce n'est pas vrai ! s'exclama Marion. Tu as dit que tu voulais lui écrabouiller la tête !

— Non, pas au début. Au début, je voyais l'ours observer Romo et, comme il ne faisait rien, j'ai décidé d'agir.

— Moi, c'est pareil, dit Bubber. L'ours observait Couguar pour voir combien de temps, il réussirait à crier.

— Donc, nous avons tous pensé la même chose, dit Marion.

— Cela signifie quoi ? demanda Frou-Frou. Qu'est-ce qu'on fait, maintenant ?

— Rien ! fit Marion. C'est ce que nous dit le cri. Nous ne devons rien faire.

— Une question me vient... Est-ce réellement un message de l'ours ? dit Bubber. C'est un peu mince, vous ne trouvez pas ? On n'a pas grand-chose à se mettre sous la dent.

— Mais on a tous pensé la même chose... souligna Marion.

— Et alors ? fit Bubber. On vit tous ensemble depuis longtemps, on commence à penser pareil.

— Non, nous étions en communion avec notre lion, dit Marion.

— Je croyais qu'on était sensé établir un contact avec l'ours...

— C'est pareil. Si on établit un contact avec

l'ours, on entre forcément en communion avec le lion.

— Bref, continua Bubber, comment savoir s'il s'agissait d'un message de l'un, ou de l'autre. Notre vision est assez banale, elle ne prouve rien.

Marion n'avait pas envie d'entamer cette discussion. Elle était sûre d'avoir raison, mais elle n'avait aucun moyen de le prouver ; ça, ou autre chose d'ailleurs, alors elle se tut. Visiblement, ce n'était pas le moment d'échafauder des théories.

Plusieurs jours de suite, Romo poursuivit la même routine. C'était à devenir fou. Il commençait à crier dès le crépuscule, jusque vers trois heures du matin. Il passait le plus clair de la journée à dormir, ne venant à la ferme que vers l'heure du dîner. Il leur donnait un vague coup de main rapide, se joignait à eux pour un repas pantagruélique, à la suite de quoi il reprenait son poste à l'entrée de la grotte, et lançait le cri. Le son qu'il émettait était si dérangeant que dormir était devenu impossible, aussi modifièrent-ils leurs horaires, pour suivre ceux du félin. Ils dormaient le jour, travaillant la nuit.

Alors qu'ils commençaient tout juste à s'y habituer, Couguar vint leur faire part d'une nouvelle décision.

— Me voilà guéri ! dit-il un matin. Je me sens tout à fait ragaillardi.

— Tu vois ! dit gentiment Ida. Le cri t'a aidé à te rétablir.

Couguar la fixa d'un air soupçonneux.

— Je n'ai pas crié pour guérir, mais pour que l'ours revienne, et où est-il ?

— Il n'était peut-être pas supposé revenir, dit Bubber.

— Alors, à quoi sert le cri ? demanda Couguar.

— Il se produit toutes sortes de choses quand on pratique le cri, dit Bubber. Regarde, toi par exemple. Tu as appris la patience et la discipline de soi. Est-ce que tu n'en retires pas un sentiment de bien-être ?

— J'aurais pu apprendre il y a déjà longtemps, dit Couguar. Mais ce n'était pas encore le moment.

Le lendemain au déjeuner, Couguar annonça à ses amis qu'il était conscient de tout le travail qu'ils accomplissaient sans lui et qu'en conséquence, il avait décidé d'annuler ses projets pour les aider durant quelques temps à faire tourner la boutique.

En entendant la nouvelle, le sang de Marion ne fit qu'un tour.

— Comme c'est gentil... réussit-elle à articuler avant de se retrouver paralysée des pieds à la tête.

— Non, c'est normal, dit Couguar. Or, ce qui est normal est normal.

— C'est très généreux de ta part, dit Bubber, prudent. Sache bien à quel point nous apprécions ta proposition, mais quelqu'un d'aussi important que toi a sûrement d'autres...

— Non, interrompit Couguar. L'important,

c'est cet endroit... Conserver tout ceci... Les idéaux qui existent ici... Tout ceci...

Il décrivit l'ensemble de la clairière d'un ample geste de la patte.

— Sois sûr que nous n'oublierons jamais ton offre, parvint à dire Bubber, malgré l'hystérie intérieure qui le gagnait. Or, c'est ça qui compte, rappelle-toi, l'idée. Mais tu n'es pas forcé de faire quoi que ce soit.

— Non. Non, dit Couguar. Il y a des choses indispensables à accomplir. Nous devons tous faire certains sacrifices.

— Oui, mais tes responsabilités ailleurs... doivent certainement... peser... lourdement... sur ta... se mit à bredouiller Bubber.

— L'essentiel d'abord, dit Couguar d'un ton docte, l'essentiel d'abord.

Il n'y avait rien à ajouter, rien à faire. Couguar resta.

Au grand étonnement de tous, il agit vraiment selon sa promesse. Il participa de tout son cœur à la vie de la clairière. Plusieurs jours de suite, il s'acquitta de tous les travaux. Il désherba, il laboura, il nettoya avec soin, il s'essaya même à la cuisine, où il montra d'ailleurs quelques dons. Cependant, sa nature inquiète reprit bientôt le dessus et après une matinée particulièrement bien remplie, il s'écroula sur le flanc pour réfléchir un peu.

— La vérité, fit-il d'un air philosophe, c'est que je ne suis pas bâti pour ce genre d'activités. J'ai plutôt une âme d'organisateur. Je serais plus efficace si je me contentais de surveiller les choses pendant un certain temps. Se relevant, il s'éloigna la mine concentrée, se préparant déjà à la nouvelle tâche qu'il venait de s'assigner.

— Ça commence, dit Marion.

— Calme-toi ! la prévint Bubber. Ne créons pas de problèmes. Tout marche très bien pour l'instant.

Les jours suivants, Couguar se borna à examiner les choses. Il errait dans la clairière en parlant tout seul, en prenant des mesures, un œil mi-clos. Puis, il se mit à observer les uns et les autres pendant qu'ils travaillaient.

— Ne vous inquiétez pas de moi, disait-il, leur faisant signe de continuer. Soyez naturels, faites comme si je n'étais pas là.

Ils s'y efforçaient sincèrement. Mais de le sentir là, sans arrêt, à leurs côtés, à épier le moindre de leurs gestes, ils finirent par devenir empruntés et maladroits. Bubber laissait tout tomber. Marion se brûlait. Ida travaillait si lentement qu'elle finit par ressembler à un paresseux*. Quant à Frou-

* Le paresseux est un petit mammifère édenté, à mouvements très lents, qui vit dans les arbres.

Frou, il se voulait si effacé qu'il se chercha des petits boulots de plus en plus insignifiants, jusqu'à ce qu'il devienne quasiment invisible. Prenant des notes sur tout, Couguar, lui, poursuivait sa nouvelle activité dans l'enthousiasme, complètement étranger au malaise qui habitait les autres.

Quand le stade de la réflexion fut terminé, il passa aux actes. Son premier geste fut de réorganiser le jardin.

— Je n'ai jamais été satisfait de sa forme, ni de son emplacement, expliqua-t-il, je pense qu'il est temps de l'arranger correctement.

— Qu'est-ce qui ne te convient pas actuellement ? demanda Marion prudemment.

— Ce n'est pas facile à expliquer, dit Couguar, tu comprendras quand il sera refait.

Il hurla des ordres. Les autres arrachèrent la clôture et se lancèrent dans la transformation du lieu. Il les observait de près, tandis qu'ils refaçonnaient le jardin selon ses directives. Quand tout fut fini, il passa toute une matinée à contempler le jardin d'un œil amoureux. Ensuite, il eut en tête de reprendre l'éducation d'Ida. Il lui montra les diagrammes qu'il avait dessinés d'après sa façon de s'occuper du ménage ; il lui reprocha son inefficacité, et lui décrivit des méthodes grâce auxquelles elle travaillerait plus et mieux.

Sachant que chacun était las de la cuisine de Marion, son souci suivant fut de recomposer tous les menus. Marion ne dit rien, elle suivit ses instructions sans laisser échapper le moindre signe d'exaspération. Mais plus tard, en l'absence de Couguar, elle chercha un peu de réconfort auprès de Bubber.

— C'est quelque chose, hein ! dit-elle d'un ton rogue.

— Tu peux le dire ! répondit Bubber.

— J'ignorais que tout allait si mal.

— Tu vois, on en apprend toujours.

Ce n'était pas la réponse que Marion espérait. Elle scruta avec attention le visage de Bubber, y cherchant une trace d'ironie, mais elle n'en vit pas la moindre, alors elle n'insista pas. « Il joue au plus fin », pensa-t-elle.

Couguar décida que les soirées devraient être consacrées aux discussions de groupe. Ce serait pour chacun l'occasion de s'exprimer librement. Ils essayèrent quelques jours, mais les réponses des participants manquaient de spontanéité, ce dont Couguar fut très déçu.

— Que signifie cette morosité ? leur dit-il.

Plus personne ne parle. Vous étiez pourtant une bande de sacrés bavards, autrefois.

— Il n'y a pas grand-chose à dire, laissa tomber Frou-Frou.

— Comment donc ? Vous avez résolu tous les problèmes ? Approfondi tous les sujets, avant le départ d'Ours ?

— Pas vraiment... dit Bubber.

— Vous voyez bien ! Je suis convaincu que nous avons encore beaucoup à discuter, dit Couguar.

— Je ne suis pas contre, fit Frou-Frou.

— Alors, allons-y. Je vous écoute.

— Tu veux parler de quoi ? demanda Bubber.

— Parlons de la vie, proposa Couguar. De la vie et de tout ce qui s'y rapporte.

Alors durant une heure ou deux, Couguar parlait de la vie. Lorsqu'il extrapolait un peu trop, Bubber ou Frou-Frou tentaient, avec diplomatie, d'avancer une idée, mais Couguar ne les laissait jamais terminer une phrase. Toutes ces discussions le passionnaient tant que s'il attendait trop avant d'exprimer sa pensée, il risquait d'en perdre le fil, c'est du moins l'argument qu'il donnait chaque fois qu'il les interrompait. Marion n'ouvrait pas le bec. Quant à Ida, elle fit bien quelques tentatives, mais dès qu'elle disait un mot, Couguar lui répétait qu'elle ne savait pas de quoi elle parlait, aussi maintenant se contentait-elle de sourire béatement, assise dans son coin en suçant ses longs doigts d'opossum.

Parfois, Couguar leur racontait des expériences qu'il avait faites, dans le passé, avec l'ours. D'autres fois, il leur faisait la démonstration du cri libératoire, leur prouvant combien de temps il était capable de le pousser sans reprendre son souffle.

— J'ignorais que c'était là le but du cri, dit Marion prudente. J'avais cru comprendre que l'important c'étaient les étapes qu'il nous amenait à franchir plutôt que le temps passé à le pousser.

— Réaction d'intello ! dit Couguar, balayant d'un geste l'argument de Marion. Tu n'es qu'une vieille cane ringarde et sans avenir.

Couguar se sentait chaque jour plus à l'aise dans le rôle qu'il s'était choisi. A quelque temps de là, les blaireaux réapparurent. Comme, par hasard, ils arrivaient toujours à la tombée du jour, Couguar insistait pour qu'ils restent dîner et, bientôt, ils dînèrent tous les soirs à la clairière. Les jumeaux étaient plein d'entrain, très bavards, leurs plaisanteries étaient souvent agressives et leur humour corrosif ; comme d'habitude, Marion fut la première à en souffrir.

— Qu'est-ce que tu as, Marion ? lui demanda Bubber, un jour où ils se retrouvèrent seuls, sans Couguar. Pourquoi as-tu l'air si triste ?

— Je n'aime pas les blaireaux, dit-elle. Ce sont des créatures néfastes, à qui on ne peut pas se fier.

— Donne-leur une chance, dit Bubber. Ils sont drôles, ils sont intéressants et puis c'est agréable de voir des visages nouveaux de temps en temps et d'avoir des nouvelles du monde extérieur.

— Ils ne lèvent jamais le petit doigt, tu as remarqué ? Ils ne nettoient jamais une assiette. Rien. De toutes façons, ça m'est bien égal qu'ils aident ! Ce sont les invités de Romo, pas ceux de l'ours.

— Mais qu'est-ce qu'ils font de mal ?

— Rien. Ils me mettent mal à l'aise. S'il y a une chose que j'ai apprise ici, c'est bien de me fier à mon instinct.

Marion aurait voulu ne pas dévoiler autant ses sentiments, mais c'était contre sa nature. Chacun de ses gestes, chacun de ses regards montraient clairement qu'elle ne les aimait pas. Elle était trop pure, trop honnête pour réussir à maîtriser ses sentiments. Et Couguar commença à s'irriter de sa froideur. Chaque jour, il s'en agaçait davantage, si bien qu'il s'en ouvrit à Bubber.

— Qu'est-ce qui ne va pas chez Marion ? demanda-t-il à Bubber, un après-midi où ils se promenaient tous les deux.

— Chez qui ? demanda Bubber, cherchant à gagner du temps.

— Marion... dit Couguar. Qu'est-ce qui la ronge ?

— Je crois que l'ours lui manque terriblement. Elle en parle très peu, mais elle le vit très mal.

— Possible, mais elle commence à devenir casse-pieds. Ce n'est pas facile de rester positif, quand on croise toute la journée sa tête d'enterrement.

— On a tous nos humeurs...

— Ecoute, dit Couguar, nous vivons une période difficile. Le moment est mal choisi pour se montrer indulgent à l'égard de qui que ce soit. Nous souffrons tous. Elle n'est pas la seule. Il me semble qu'il est temps, au contraire, de mettre de côté nos petits problèmes personnels et de se serrer les coudes. Ce n'est pas ton avis ?

— Tu as sans doute raison, dit Bubber.

— Naturellement ! Je me crève la paillasse pour conserver cet endroit et j'ai l'impression qu'elle n'en est même pas consciente. Il se pencha vers Bubber. Je pense qu'elle a une dent contre moi ! fit-il innocemment.

— Oh non ! Ça, j'en doute !

— Ça ne m'empêche pas de le croire ! Et je crois aussi qu'elle cherche à se débarrasser de moi.

— Ça ne ressemble pas à Marion.

— Possible, mais c'est ce que je ressens. Couguar se planta devant Bubber et le regarda droit dans les yeux. Je n'exige rien de bien extraordinaire, pourtant ?

Il semblait si vulnérable en posant cette question que Bubber en fut complètement ému.

— Non, dit-il, tu te montres très généreux, très ouvert...

— Je ne demande ni remerciements, ni reconnaissance, mais un peu de courtoisie ne gâterait rien, tu ne penses pas ? Un peu de gentillesse, un peu de chaleur ?

— Je lui parlerai, dit Bubber désireux d'arranger les choses.

Ce soir-là, après le travail, Bubber emmena Marion se promener.

— Romo se fait du souci pour toi, lui dit-il lorsqu'ils se furent un peu éloignés des autres.

— Vraiment ? ironisa Marion.

— Oui. Il s'inquiète de ta fragilité, de ton émotivité.

— A mon avis, il se fait surtout du souci

parce qu'il sait que je vois son manège. Ça l'ennuie que j'aie compris ce qu'il manigance.

— De quoi parles-tu, Marion ?

— Tu ne saisis pas ?

— Je ne saisis rien du tout.

— Dans ce cas, on ferait peut-être mieux de ne pas aborder le sujet, dit Marion.

— Je crois, au contraire, qu'on *doit* en parler, dit Bubber et il était sincère. Cette histoire affecte tout le monde.

Marion se mordit la langue. Parler ouvertement de Romo... C'était la dernière chose qu'elle souhaitait. Cependant, si maintenant elle se taisait, la tension ne ferait qu'empirer, les apparences se retourneraient contre elle et prouveraient qu'elle était à l'origine de tous les problèmes.

— Il essaie de prendre le pouvoir, murmura-t-elle, de tout diriger et de discréditer l'ours. Il veut devenir le patron. Il n'a jamais eu le courage de tenir tête à l'ours quand il était là et, maintenant, il agit derrière son dos...

Marion avait le cœur au bord des lèvres, elle ne pouvait plus se taire.

— Voilà ce qu'il est en train de faire, conclut-elle d'un ton qui n'admettait pas de réplique.

— Tu te montes le bourrichon... dit Bubber.

— Libre à toi de ne pas me croire, dit-elle.

— Romo n'a fait que nous aider depuis qu'il vit parmi nous.

— Il a tout réorganisé. Il dirige tout. Rien ne se passe sans son autorisation. Qui lui a dit qu'il était le patron ? Qui l'a désigné comme chef ?

— Il faut bien que quelqu'un décide... dit Bubber.

— Aussi s'est-il porté volontaire ! dit Marion, la voix frémissante d'ironie. Qui a voté pour lui ? Hein, qui ? Qui lui a donné son accord ?

— Tu n'es pas capable d'assumer le changement, Marion. Voilà ton problème, dit Bubber. (Il sentait la moutarde lui monter au nez).

— Et toi, tu as peur de lui ! éclata Marion. Tu ne vois donc rien ? Tu ne vois donc pas ce qui arrive ? Tout le monde vit dans la peur, maintenant !

— Sauf toi ! fit Bubber, sarcastique.

— Peut-être bien !

— Ecoute, crevons l'abcès. Bubber s'arrêta devant elle. Selon toi, l'ours ne fait jamais rien arbitrairement. Chacun de ses actes a une signification. Admettons. Je n'y crois pas, mais pour les besoins de la discussion, admettons-le. Il est parti. Pour quoi ? Au risque de te blesser, la réponse pourrait n'être pas si glorieuse que tu te plais à l'imaginer. Il en avait peut-être marre de nous. Il a peut-être trouvé mieux à faire dans la vie que de perdre son temps avec une bande de paumés dont il devait sans cesse entretenir le moral avec des histoires mirobolantes, et des promesses à dormir debout !

— Je refuse d'écouter de telles idioties !

— Tu ferais mieux de regarder les choses en face, Marion. Qui sommes-nous donc ! Des infirmes. Des rêveurs. Des paumés. Qui accepterait de perdre son temps avec une pareille bande de cloportes ? Je ne le blâme pas d'être parti. Je trouve simplement qu'il aurait pu nous prévenir. Mais, il était peut-être tellement gêné de ce qu'il nous faisait, qu'il n'a pas osé nous affronter. Je ne dis pas que c'est ce qui est arrivé, je dis que c'est une possibilité et nous devons avoir le courage de l'accepter. J'ignore ce que tu veux, toi, continua-t-il, mais moi, je veux survivre. Que devons-nous faire ? Rester assis sur nos derrières jusqu'à la fin de nos jours à lancer le cri libératoire, en attendant le retour de l'ours ? Ça n'a pas de sens. Il a sa vie, il l'a précisé très clairement, et nous avons la nôtre. Il faut être prêt à tout. Il y a des choses à faire. Et, pour la première fois de ma vie, je m'amuse.

— S'amuser ne rime à rien.

— Tu penserais peut-être autrement, si tu en étais capable !

— Tu as dit ce que tu avais à dire, répondit Marion calmement, je t'ai écouté, je ne recommencerai plus. Tu peux échafauder toutes les hypothèses du monde, elles ne m'intéressent pas. Quoi qu'il ait pu faire, l'ours m'a donné la vie. Il m'a donné une raison de vivre quand je n'en avais pas. Il m'a donné un foyer, un but. Il m'a donné amitié et soutien. Il m'a montré une image si noble de l'univers, qu'elle maintient ensemble toutes les pièces du puzzle. Rien de ce que tu diras ne changera ça. Rien de ce que l'ours fera ne changera ça. Quelle que soit sa décision, qu'il revienne ou non, je l'aimerai toujours.

Elle recula d'un pas ; leur affrontement était fini. Elle fit demi-tour et retourna lentement, en se dandinant, vers la clairière. Elle se sentait vieille, épuisée. Bubber la rattrapa. Ils marchèrent côte à côte, chacun espérant que l'autre dirait un mot pour briser la tension. Il n'en fut rien. De retour à la clairière, ils s'occupèrent à de menus travaux pour meubler le silence embarrassé.

Plus tard, lorsqu'il partit, Bubber ne ressentait plus que mépris pour Marion, pour sa rigueur et pour son attitude culbéni, mais aussi, une certaine jalousie. Il était jaloux de son inébranlable certitude. Elle était absolument imperméable au doute, dès qu'il s'agissait des raisons conduisant l'ours à agir de telle ou telle manière. C'était exaspérant et déraisonnable, pourtant Bubber espérait, un jour, ressentir une conviction aussi passionnée à l'égard de quelque chose. Quand ça lui arriverait, si ça lui arrivait, il souhaitait qu'au moins ce soit pour une chose plus raisonnable que cet amour obstiné et irrationnel qu'elle portait à son ami disparu.

La prise de position déterminée de Marion lui coûtait très cher. Elle n'avait plus d'alliés, plus personne sur qui compter. Bubber suivait ses nouveaux amis. Frou-Frou passait le plus clair de son temps enfoui sous un tas de feuilles mortes à rêver. Gwen avait fui depuis longtemps, dès le premier signe de tension. Ida lui restait fidèle, mais elle était complètement désorientée et tournée vers elle-même. Elle s'accrochait à Marion car elle avait besoin de son soutien. Marion l'aimait beaucoup, mais l'avoir constamment accrochée à ses basques exigeait une patience et une maîtrise de soi que ses nerfs fragiles supportaient mal, aussi s'énervait-elle souvent contre Ida, ce qui la préoccupait vivement car elle savait qu'Ida n'avait pas besoin de ça.

Marion observait Bubber avec une inquiétude croissante depuis qu'il vivait dans le sillage de Couguar. Vu de l'extérieur, leurs activités semblaient innocentes, mais elle entrevoyait de lourdes conséquences. Leurs chants ressemblaient plus à des hurlements, leurs plaisanteries étaient méchantes et leurs balades en montagne avaient des allures de manœuvres militaires. Chaque fois qu'elle manifestait son inquiétude à Bubber, il se moquait d'elle. Il se sentait enfin vivre à travers cette nouvelle amitié. Une simple promenade avec Couguar devenait une aventure excitante. Tout le monde prenait la poudre d'escampette dès qu'ils approchaient ; personne ne souhaitait risquer une bagarre avec eux. Bubber se rengorgeait d'un sentiment de puissance.

Quel chemin parcouru pour un lemming ! Un animal qui, à la seule pensée des grands fauves, se terrait en tremblant dans un coin. Dire que maintenant, il marchait à leurs côtés ! Qu'il se sentait leur égal ! Et puis, il y avait les blaireaux qui, malgré leur petite taille, pouvaient se mesurer à n'importe qui.

Dire qu'il était aussi de leurs amis !

Parfois, ils s'affrontaient tous les quatre dans des luttes amicales. Bubber apprit toutes les prises. Comment détourner les coups de l'adversaire, comment le feinter ou faire des nœuds avec ses pattes. Il sentait son sang s'échauffer dans ses veines. Il suait, soufflait, s'agrippait, tordait, tournait, déjouait des prises qui semblaient mortelles. Puis, le combat fini, venait la fatigue, les muscles douloureux, le cœur qui bat à tout rompre, le sentiment de lassitude, mais aussi de bien-être du corps. Il restait des heures assis dans les sources chaudes, éclatant de rire au souvenir d'une feinte particulièrement rusée ou d'une prise bien réussie. Rien n'avait jamais donné à Bubber un tel sentiment de plénitude.

Marion observait tout, mais ne disait rien. Chaque jour, son isolement grandissait. Le cri libératoire ne lui procurait plus ni consolation, ni paix, depuis que Couguar pouffait de rire dès qu'elle l'entonnait.

— Je ne peux pas m'en empêcher, disait-il. C'est trop drôle. Si tu t'entendais !

Il détournait la tête, collait une patte sur sa bouche pour étouffer son rire. Marion essayait bien de poursuivre, mais aussitôt, il explosait. Cela devint vite très embarrassant, aussi Marion cessa-t-elle purement et simplement de pousser le cri. Afin de ne pas perdre entièrement la tête, elle se lança dans de longues promenades en solitaire. Parfois, elle trouvait un étang et elle s'y baignait, se laissant dériver pendant des heures.

Un jour, elle se mit à écrire à l'ours. Elle gribouillait des textes dans la boue avec un bâton, qu'elle effaçait une fois finis.

Cher Ours, lui écrivait-elle, tu es parti depuis longtemps maintenant et mon cœur saigne. Seule l'idée qu'à tout instant je vais revoir ton visage m'aide à vivre. Reviendras-tu, cher Ours, ou bien le message que je sens au fond de mon cœur n'est-il qu'un mensonge que je me dis pour survivre ? Je pense que ce n'est pas un mensonge, mais j'aurais besoin de l'entendre de ta voix.

Nous sommes perdus sans toi. Tu nous manques à tous égards. C'en est même parfois incompréhensible. A mon avis, tu manques aux autres plus encore qu'à moi. En fait, tu leur manques tant qu'ils font comme si ton absence ne changeait rien.

L'autre soir, nous avons poussé le cri libératoire, pour tenter de te trouver. Je suis la seule à croire que nous avons réussi à établir un contact avec toi. Je suis les ordres que tu nous as donnés, et j'applique toute ma volonté à me taire, malgré mon envie de faire des choses abominables à Romo.

J'ai peur d'avoir trop parlé à Bubber, l'autre jour. Il vit dans un équilibre fragile et je dois me montrer plus patiente avec lui. J'espère qu'il va comprendre ce que fait Romo avant que trop de choses douloureuses ne lui arrivent.

Je t'avoue que, parfois, je suis en colère contre toi, cher Ours. Je ne suis pas du tout aussi sûre de moi que je le prétends devant les autres, et je suis très troublée que tu sois parti depuis si longtemps, sans que l'on sache où tu es. Dans ces moments-là, je tente de me persuader qu'il y a sûrement une excellente raison, mais je dois souvent me le répéter plusieurs fois avant que le chagrin s'estompe. Quand je me sens enfin apaisée, je prie pour que tu ailles bien, mais je pense que si tu n'allais pas bien, je le sentirais. Je ne sais pas ce que je deviendrai si tu ne reviens pas.

Ta bien dévouée,
Marion.

Bubber ressemblait chaque jour un peu plus à Couguar. Il fut bientôt sujet, lui aussi, à de fréquentes dépressions. Tout allait merveilleusement bien puis, soudain, sans qu'on sache pourquoi, son sentiment de bien-être s'effaçait et il se retrouvait à plat et malheureux. Un soir où il était assis, avec Couguar, dans le ruisseau, il eut une crise ; le changement fut si brutal, si dramatique, que même le félin le remarqua.

— Qu'est-ce qui ne va pas ? demanda-t-il.

— Je ne sais pas, dit Bubber. Ces déprimes m'arrivent de temps à autre.

— Moi, ça m'arrive sans arrêt, dit Couguar avec une certaine fierté.

— Je crois que l'ours me manque tout simplement, avoua Bubber un peu embarrassé. Parfois, je lui en veux d'être parti. C'est stupide, n'est-ce pas ?

— Pas du tout. Je te comprends. C'est une

situation très pénible, vraiment très pénible.

— J'aimerais tant qu'il ne soit jamais parti.

— Moi aussi, j'ai du chagrin.

— Je me demande s'il se rend compte du mal qu'il nous a fait, dit Bubber.

— Comment savoir ce qu'il a dans le crâne... dit Couguar.

— Pourquoi dis-tu ça ?

— C'est un ours... Les ours ont la réputation d'être imprévisibles.

— Je l'ignorais.

— Oh, pourtant, c'est très connu. Ils ne changent jamais d'expression, leur visage reste impassible, ils pensent à tout et à n'importe quoi, mais toi, tu n'as aucun moyen de le savoir.

— En tout cas... il me manque, dit Bubber.

— Oui... C'est vraiment très triste. Couguar hocha la tête d'un air malheureux. Puis brusquement, il frappa l'eau de ses pattes. C'est idiot ! dit-il, on ne va pas rester assis à pleurnicher sans avoir levé le petit doigt pour le retrouver !

— Mais on a fait tout ce qu'on pouvait... protesta Bubber.

— Non. On n'a pas fouillé sa grotte, dit Couguar. C'était la première chose à faire.

— Je ne crois pas, s'inquiéta Bubber.

— Bien sûr que si ! Et il aurait souhaité

qu'on le fasse, j'en suis certain, dit Couguar. S'il nous a laissé un message, il ne peut être que là. C'est une épreuve, je le sens. Il est quelque part en train de se moquer de nous, en attendant qu'on aille dans la grotte trouver ce message.

— Personne n'y est jamais entré, dit Bubber mal à l'aise.

— Pourquoi ?

— C'est sa grotte. Il ne nous y a jamais invités. S'il avait voulu que nous entrions, il l'aurait dit.

— Il attendait peut-être que quelqu'un le lui propose ?

— Ça ne me semble pas correct.

— Mais pourquoi ? Pourquoi refuserait-il qu'on aille dans sa grotte ?

— Je n'en sais rien et je ne veux pas y penser.

— Tu ne veux pas y penser ! répéta Couguar stupéfait. En voilà une affirmation pour quelqu'un qui s'efforce de devenir lion ! Je croyais que nous devions nous poser des questions à propos de tout, que c'était une preuve de courage ?

— Possible !

Bubber se sentait tiraillé entre deux feux. Des deux côtés, c'était la peur et ses méandres obscurs.

— Eh bien, moi je vais y aller.

Couguar bondit hors de l'eau et s'élança en direction de la grotte.

— A ta place, je réfléchirais encore, dit Bubber en lui courant après. Ours n'aimerait pas ça.

— Il n'est pas là, il est parti se promener.

— S'il revenait...

Couguar s'arrêta pile, face à Bubber.

— Si on était sûr qu'il ne revienne pas, tu irais dans sa grotte ?

— Parlons d'autre chose.

— Tu ne t'es jamais demandé ce qui pouvait bien se passer là-bas dedans ?

— Peut-être...

— Tu ne t'es jamais demandé d'où venaient ses pouvoirs ? Sa faculté de connaissance ?

— Ses pouvoirs viennent du lion, dit Bubber. Nous aurons tous ces pouvoirs, quand nous aurons trouvé notre lion.

— C'est lui qui le dit. Et si ce n'était pas vrai ? dit Couguar. S'il n'y avait pas de lion ?

Ils étaient devant la grotte. Couguar fixait l'entrée obscure, sa queue brassait l'air par saccades.

— S'il conservait des objets magiques là-dedans ? Une pierre... une boule qui lui prédise des trucs...

Couguar était de plus en plus nerveux. Bubber de plus en plus effrayé.

— S'il cachait un prisonnier ? continua Couguar. Une chauve-souris, par exemple, qu'il enverrait de nuit recueillir des informations avec un radar et qui reviendrait les lui communiquer. Voilà, j'en suis sûr ! Je te parie ce que tu veux ! Il retient une chauve-souris en son pouvoir, il l'a apprivoisée en lui racontant qu'elle allait devenir un lion ! Qu'en penses-tu ?

— C'est stupide !

— Peut-être pas, dit Couguar, lissant nerveusement ses moustaches. Prouve-moi que c'est faux... Comment peux-tu savoir si c'est vrai ou faux ?

— Je n'en sais rien !

— Tu ne crois pas que c'est ton devoir de vérifier ? Tu n'es jamais rongé de doutes ? Comment les balayer, hein ?

— Je rentre à la clairière, dit Bubber sans bouger d'un pouce.

— Il ne t'a jamais effleuré que toute cette histoire de lion puisse être un prétexte, inventé afin de rester tranquillement chez lui les bras croisés ? Afin d'avoir à sa botte un tas de gens aux petits soins pour lui ? Personne ne le contredisait jamais. Personne ne mettait jamais sa parole en doute. Il avait toujours raison. Ce n'est pas une mauvaise façon de vivre, ce me semble.

— Cette conversation me déplaît, dit Bubber.

— Pourquoi ? demanda Couguar. De quoi as-tu peur ?

— Je ne sais pas.

— Je ne dis pas que ce soit la vérité, continua Couguar. Je dis seulement que c'est une possibilité. Il faut toujours examiner toutes les possibilités. D'ailleurs, c'est l'ours qui le disait.

— Je préfère ne pas y penser, dit Bubber. Ça me rend nerveux. Ma vie n'a jamais été plus belle qu'à la clairière. Belle, comme je ne l'aurais jamais cru possible. Je ne peux pas balayer les bons souvenirs.

— Mais si tout ce qu'on t'a raconté sur l'ours n'était qu'une fable, tu ne voudrais pas le savoir ?

— Je n'en suis pas sûr...

— Tu accepterais de vivre sur un mensonge ? Couguar n'en croyait pas ses oreilles. Huumm... Je n'aime pas ça. Ce n'est pas bien Bubber. Tu me déçois.

— Tant pis...

— En tout cas, moi, j'y vais. Il y a trop de choses à découvrir. Couguar regarda Bubber. Alors, tu viens oui ou non ?

Bubber désespérait de trouver la vérité, de comprendre le pourquoi des choses et il semblait bien qu'il n'y ait plus d'autre issue que de plonger dans l'inconnu.

— D'accord, mais juste une minute, dit-il en se mordant une patte. Je ne ferai qu'entrer et sortir. Je ne veux pas que ça devienne toute une histoire.

— Tu verras, après tu seras content, dit Couguar. Tu te sentiras plus apaisé.

D'une démarche hésitante, ils s'enfoncèrent dans la grotte. Le temps pour leurs yeux de s'habituer à l'obscurité, de deviner les formes et ils commencèrent à palper les murs et le sol avec frénésie.

— Fouille dans les trous cachés, dit Couguar, cherchant à sentir dans le noir quelque secret.

— Il n'y a rien, ici, se hâta de répondre Bubber mourant d'envie de ressortir.

— Non, non, cherche encore, grinça Couguar. Il a pu prévoir que quelqu'un viendrait et tout planquer.

Il vérifiait derrière les rochers, tirait sur tous les ressauts, lacérait le sol de ses griffes, pendant que Bubber, de son côté, grattait sauvagement les murs, affolé à l'idée de trouver quelque chose, et désolé de s'être laissé entraîner dans cette expédition. Ils ne trouvèrent absolument rien. Pas un bol, pas le plus petit reste de nourriture, pas la moindre natte en branches de pin tressées. Rien. Comme si rien, ni personne n'avait jamais vécu là. L'endroit ne renfermait aucun secret.

— La preuve est faite ! fit Bubber, soulagé. Il n'y a rien ici.

Il quitta la grotte en vitesse, conscient de n'avoir rien appris et de s'être collé un fardeau de plus sur les épaules. Il avait un goût amer dans la bouche et il se sentait plein de dégoût et de haine de soi.

— Ça ne prouve rien du tout ! dit Couguar, suivant Bubber hors de la grotte. Il a pu tout emporter.

— Emporter quoi ? demanda Bubber sceptique. Tu fabules encore ? Il n'avait jamais rien avec lui. Les objets ne l'intéressaient pas. Laisse tomber.

Couguar fit volte-face, fixant sur Bubber un regard noir.

— Dis tout de suite que je suis fou !

— Moi... Bubber secoua énergiquement la tête. D'où sors-tu ça ? demanda-t-il. Qui a prononcé le mot « fou » ? Je disais simplement qu'il n'y a rien dans la grotte.

— Alors, mon intuition était fausse ?

— Je ne te suis pas...

— Pourquoi chacun, ici, aurait-il le droit d'avoir des intuitions, sauf moi ?

— Chacun a tous les droits, dit Bubber.

— Je t'ai confié mes sentiments les plus

intimes, dit Couguar, ce n'est pas une raison pour me parler comme à un débile mental. Tu comprends ?

— Oui. Si j'ai pu te donner cette impression, ce n'était pas mon intention.

Couguar leva vers Bubber une patte lourde de menaces.

— Ça ne m'est déjà pas facile de me montrer ouvert, alors quand j'essaie, j'aimerais bien qu'on ne se moque pas de moi. Est-ce clair ?

— Parfaitement clair. Je suis désolé.

— Je ne le répéterai pas, dit Couguar.

Le ton de sa voix ne laissait planer aucun doute. La prochaine fois, il ne s'agirait plus de paroles...

Bubber se refusait d'imaginer la suite ! Il cherchait en quoi il avait si profondément déplu au félin. Il ne trouva rien, ce qui ne fit qu'augmenter sa panique et son désespoir.

Quand Bubber retourna à la clairière, Marion n'était pas à prendre avec des pincettes ! Elle nettoyait tout ce qui lui tombait sous les pattes, mettant un point d'honneur à contenir sa colère. Elle soufflait « comme un bœuf », ses gestes étaient guindés, saccadés et elle évitait ostensiblement de regarder Bubber.

— Qu'est-ce qu'il y a encore ? dit sèchement celui-ci. Quel est le problème ?

— Tu le sais très bien, murmura Marion d'une voix à peine audible.

— Qu'est-ce que tu t'es encore fourré dans la tête ? Si tu me disais à quoi tu penses, tu te sentirais peut-être moins malheureuse...

Abandonnant ce qu'elle faisait, Marion fit volte-face et affronta Bubber.

— Que faisais-tu dans la grotte de l'ours ? lâcha-t-elle, les yeux étincelants. De quel droit y as-tu pénétré ?

— Qui te dit que je suis allé dans sa grotte ?

— Tu le nies ?

— Depuis quand dois-je te rendre compte de mes faits et gestes, Marion ? Dois-je t'adresser un rapport détaillé sur mes activités quotidiennes afin que nous vérifiions ensemble si j'ai bien agi ? C'est ça que tu veux, Marion ?

— Etais-tu dans la grotte, oui ou non ?

— Ça ne te regarde pas !

— De quoi as-tu peur, Bubber ? Ou tu y étais, ou tu n'y étais pas.

— Parce que tu m'espionnes, maintenant ?

— Je ne t'espionne pas, dit Marion. Ida passait par là et elle a entendu des voix. La grotte amplifiant les sons, elle a reconnu ta voix et celle de Romo. Elle est revenue me prévenir. Tu y vois une objection ?

— Oui. Mêle-toi de tes affaires ! Et Ida aussi, par la même occasion !

— Les affaires de l'ours sont également les miennes.

— Je peux en dire autant !

— C'est vrai, mais toi tu ne vis pas selon ce principe. Personne ne t'a autorisé à fouiller ses quartiers ! Tu n'as aucun droit de l'espionner, de piller sa maison. Il ne ferait jamais pareil chez toi !

Il y avait dans sa voix un calme qui la rendait redoutable et qui effraya Bubber.

— Tu dramatises Marion, dit-il. Nous cherchions simplement des indices susceptibles de nous indiquer où il a pu aller.

— Tu mens, Bubber.

— Arrête de te prendre pour ma conscience, hurla-t-il. Fiche-moi la paix. Mêle-toi de tes oignons !

— J'ai bien peur de ne pas t'obéir, répliqua Marion posément.

L'heure n'était plus au silence. L'ours et son œuvre vacillaient sur leurs bases. La dégradation progressait rapidement maintenant. Il fallait agir vite et elle était la seule à pouvoir faire quelque chose. Tout en discutant avec Bubber, elle implora dans son cœur son ami perdu. « Ours ! Ecoute-moi ! Réponds-moi ! Est-ce que j'agis suivant ta volonté ? Est-ce que je poursuis ton œuvre selon tes principes ? » L'ours, dont elle eut la vision, resta imperturbable et muet. Mais rien dans son attitude ne lui imposa de changer de cap.

— Depuis le départ de l'ours, tu critiques tout, tu n'arrêtes pas de râler, dit Bubber. On ne peut plus communiquer avec toi. La situation est assez pénible sans que tu y ajoutes tes états d'âme.

— Il est vrai que je suis bouleversée depuis son départ, mais depuis l'arrivée de Romo, j'ai *peur*. Ce sont deux sentiments différents.

Dès les premiers éclats de voix, Ida, Frou-Frou et Gwen, délaissant leurs travaux, s'étaient rendus à la clairière voir ce qui se passait. Ils écoutaient attentivement, sans chercher à se mêler à la discussion.

— Il s'acharne à nous diviser, cria Marion, joignant les ailes dans un geste de supplique. Tu ne le vois donc pas ? Il s'est désigné d'office comme porte-parole de l'ours. Quelle hypocrisie ! Il ne l'a jamais aimé. Du temps de l'ours, il n'a jamais suivi son enseignement. Et maintenant que l'ours est parti, nous devrions tous idolâtrer Romo d'une seule voix ! Il essaie de nous détacher de l'ours, de nous faire douter de sa parole. Il n'y a pas d'amour dans le cœur de Romo, il n'y a ni paix, ni douceur. Nous avons tous peur de lui ! Tu ne le vois donc pas ? Or, si nous avons peur de lui, quel enseignement peut-il nous transmettre ?

Elle regarda ses amis, attendant un signe d'encouragement, un hochement de tête, une phrase, quelque chose, mais rien ne vint.

— Voilà ce qui est en train de se produire, continua-t-elle, voilà pourquoi je suis déprimée pourquoi j'ai peur.

Elle s'effondra sur le sol. Il n'y avait rien de plus à ajouter. Il n'y avait aucun moyen de les toucher. Ses amis étaient paralysés par la gêne et le désarroi. Leurs terreurs exerçaient sur eux un tel ascendant qu'ils s'y cramponnaient comme à des alliés puissants. Et ils gardèrent le silence.

— Tu devrais partir... dit Romo, très calme.

Marion fit volte-face au son de sa voix. Il était assis immobile, dans l'obscurité, juste à l'orée de la clairière. Le cœur de Marion tressauta dans sa poitrine.

— Je ne veux pas partir ! Sa réponse fusa comme une flèche.

— Tu n'es plus heureuse, ici. Pourquoi ne pas aller ailleurs, où tu retrouverais la paix ? dit Romo. (Ses yeux lançaient des éclairs). Tu n'as plus ta place, ici, continua-t-il. Tu es déprimée, amère, et ta tristesse empoisonne tout. Nous essayons tous ensemble de reconstruire une vie acceptable et toi, tu n'as que des sentiments morbides à nous offrir en partage. Il n'y a aucune joie en toi. Tu vis dans le passé, dans les fausses espérances. Tu ne sais plus affronter la réalité, ni communiquer avec qui que ce soit autour de toi. Tu ne nous aimes plus et tu sèmes la zizanie et le doute parmi nous. C'est mal, Marion. Dans ces conditions, pourquoi ne pas partir ?

— Je n'ai pas d'ordre à recevoir de toi, Romo, répondit Marion posément.

Elle s'efforçait de donner d'elle-même une image sereine. Elle avait conscience que si elle perdait son sang-froid, ce serait la fin. Ses amis étaient assis comme des fantômes. Ils n'aidaient pas, ils ne bougeaient pas. Chacun espérait en son for intérieur qu'un miracle pouvait encore se produire, et que tout serait comme avant. Elle savait qu'au fond d'eux-mêmes, ils restaient ses alliés, que dans un coin caché de leur cœur, ils l'aimaient toujours. Mais pour le moment, ce coin était inaccessible. Pour le moment, toutes leurs terreurs se dressaient devant eux, comme des spectres qui avaient le visage d'un félin.

— Nous sommes ici parce que l'ours nous y a invités, dit Marion. Elle s'arma de courage et avala sa salive pour ajouter : Je

ne quitterai la clairière que sur son ordre.
Pas avant.

— L'ours n'est plus ici, dit Romo. Ton ours
t'a abandonnée. Notre choix est clair, soit
conserver une communauté organisée et
heureuse, sans lui, soit sombrer dans le
chaos et les contes de fées. Nous, nous ne
perdrons pas le reste de notre vie à pourrir
dans un monde imaginaire. Nous sommes
vivants *maintenant. Ici. A cette heure. En
ce lieu.* Si tu ne peux pas prendre part à
tout cela, alors va-t-en !

Marion se tourna vers ses amis.

— Vous le croyez ? Vous croyez vraiment
que j'ai manigancé des trucs en cachette,
que j'ai agi par ruse ?

— Je ne sais pas ce que tu as fait, avança
timidement Bubber. Ce qui est sûr, c'est
que tu es devenue très difficile à vivre. A
cause de toi, tout le monde se sent coupable
et je n'en vois pas l'utilité. Il a dû se
produire quelque chose dans ta vie, avant
ta venue à la clairière, qui t'empêche d'accepter que l'ours ait pu nous quitter sans
prévenir. Pourtant, c'est bien ce qu'il a fait.
Il faut te rendre à l'évidence. Il nous a
quittés sans un mot. Il est parti. Est-il
perdu ? Est-il mort ? En avait-il assez de
nous ? Qui peut savoir ? Peut-être erre-t-il
dans « les nuages », comme d'habitude, et

a-t-il oublié qui il est ? A la vérité, s'il va bien et s'il revient, j'aurai un certain nombre de questions à lui poser avant de me retrouver en harmonie avec lui. Et tu connais Ours, selon son humeur, il me répondra ou pas. S'il répond, je ne sais pas si je le croirai, et s'il ne répond pas, j'en serai misérable et angoissé à tout jamais. Mais l'ours agit selon son bon plaisir, n'est-il pas vrai ? C'est son royaume. Cela a toujours été son royaume. C'est tout ce que j'avais à dire.

— Oui. Et maintenant, c'est le royaume de Romo, dit Marion. Tu préfères ça ?

— J'ignore ce que je préfère, Marion, dit Bubber. J'ai la tête en miettes. Je ne veux pas que tu partes, mais je ne supporte plus ni parlotes philosophiques, ni de me sentir toujours coupable. Je n'aspire plus qu'à mener une petite vie simple et tranquille. Qui suis-je, en somme ? Je ne suis rien. Pourquoi devrais-je m'inquiéter de résoudre les problèmes de l'univers ? C'est idiot. J'en ai assez. Pour une fois, dans ma modeste existence, je veux m'amuser, sans culpabiliser. Où est le mal ? Je ne demande pas grand-chose.

— C'est à peu près ce que je ressens, dit Frou-Frou.

— Vous voulez que je parte ? demanda Marion.

Il y avait si peu d'émotion dans sa voix que la question n'en fut que plus terrible. Frou-Frou s'éclaircit la gorge, il allait parler, mais aux précautions qu'il prenait, Marion comprit que ce serait dans un esprit de conciliation et c'était trop tard. Elle leva une aile pour lui imposer silence.

— Ne dis rien, dit-elle et elle commença à s'éloigner.

— J'aimerais parler, insista-t-il.

— Je ne veux pas t'entendre, quoi que ce soit que tu aies à dire. Ma seule consolation est de penser que vous ne savez pas ce que vous faites. Elle se tourna vers Romo. Sauf toi, Romo. Toi, tu le sais très exactement.

En d'autres temps, le regard enflammé de Marion aurait plongé le félin dans une colère noire. Là, il se contenta de sourire d'un air condescendant et ne releva pas. Marion contempla la clairière. N'y avait-il rien à emporter en souvenir ? Une dernière chose à dire à ces gens qui avaient tant d'années durant partagé sa vie ? Non, rien...

Elle soupira, se prépara au départ, se demandant si elle se donnerait même la peine de leur dire au revoir, quand un vaste corbeau, planant du haut d'un sapin voisin, descendit se poser sur un rocher pour les observer.

Couguar eut un mouvement d'humeur. Il se serait bien passé de public à cet instant. Il éternua bruyamment entre ses pattes. Le corbeau le regarda. Couguar lui lança un coup d'œil assassin, espérant de la sorte le renvoyer d'où il venait. Mais l'oiseau se contenta de le saluer d'un signe de tête.

— Salut la compagnie ! dit-il aimablement.

— Excuse-moi, fit Couguar, le plus courtoisement possible. Nous sommes en plein conseil de famille. Si tu as à faire dans le coin, reviens dans deux heures.

— Ne faites pas attention à moi, dit le corbeau. Je ne fais que passer. Ne vous interrompez pas pour moi. Le temps de reprendre mon souffle et je serai reparti.

Ce n'était pas la réponse que Couguar espérait. Il hocha la tête.

— Je crains que tu aies mal entendu, reprit-il. Il ne s'agit pas ici d'une réunion publique. Nous avons des problèmes personnels à régler. Fiche-nous le camp !

— Je t'ai parfaitement entendu, répondit l'oiseau. Mais ainsi que je viens de te le dire, le temps de reprendre mon souffle et je repartirai aussitôt reposé.

Il se mit à faire sa toilette, lissant ses plumes, retirant de petits débris d'entre ses ongles de pattes.

Un signal d'alarme, qu'il balaya aussi

vite, s'alluma dans la mémoire de Couguar. « Impossible..., pensa-t-il, cet oiseau n'est qu'un imbécile... »

— Je te le répète une dernière fois, reprit-il, mais l'oiseau l'interrompit.

— Excuse-moi, dit-il, nous sommes bien ici dans la fameuse clairière où un ours préside aux destinées des choses et des êtres ?

— En quelque sorte... dit Couguar.

— Ah, bon ! (Soulagé, l'oiseau se mit à rire). Merci, j'ai cru un instant que je m'étais trompé d'endroit.

Couguar n'en croyait ni ses yeux, ni ses oreilles.

— Ecoute, dit-il, je ne suis pas fou, je t'ai bien demandé quelque chose, il y a à peine un instant ?

— Non, tu n'es pas fou. Je t'ai très bien entendu. Tu m'as demandé de partir. Mais en tant que corbeau, j'ai, ici, un droit de passage. Tous les corbeaux ont ce droit. Demande à l'ours, si tu ne me crois pas.

— Il n'est pas là.

— Tant pis. Tu lui poseras la question à son retour, conclut le corbeau avec autorité.

Il retira un long brin de paille de dessous son aile, qu'il lança en direction du félin.

— Je n'ai pas d'ordres à recevoir d'un corbeau !

— Non, bien sûr. Je me suis un peu oublié.

Je vais reformuler ma phrase. Si tu veux bien avoir la gentillesse d'interroger l'ours à son retour, tu apprendras que ma présence ici ne serait pas pour lui déplaire.

— Il ne reviendra pas, répliqua prudemment Couguar.

— C'est difficile à croire, dit le corbeau d'une voix théâtrale. Et, pourquoi ?

— Je n'ai pas envie d'en parler.

En relevant la tête, Couguar remarqua que le nombre de corbeaux perchés dans les arbres avoisinants avait considérablement augmenté. Le spectacle n'était guère rassurant. Il ne présageait rien de bon. Il se tramait quelque chose. Il était urgent que Couguar décèle leurs intentions, aussi décida-t-il de gagner du temps.

— Pardonne ma curiosité, continua le corbeau, mais tu nous connais, nous autres, il faut toujours qu'on fourre notre bec partout ! On n'abandonne jamais. Je sais que c'est exaspérant, mais c'est ainsi !

Il se pencha vers Couguar, prit un air de conspirateur puis il articula d'une voix forte :

— Qu'est-ce qu'on raconte sur l'ours... Il est mort ou quoi ?

— On ne sait pas, dit Couguar. Il est parti.

— *Parti ?* Comme ça. *Tout simplement...*

Le ton de l'oiseau vibrait de la plus grande mauvaise foi.

— C'est exact.

— Et, il t'a confié la direction des affaires ?

— J'assume certaines responsabilités en son absence...

— Par pure bonté d'âme...

— En quelque sorte.

— Tu es trop bon, toi ! C'est l'ours qui te l'a demandé ?

— Pas exactement en ces termes...

— Pas exactement en ces termes... Tes camarades ont voté pour toi, alors ?

— Ce ne fut pas nécessaire.

— Ça m'a tout l'air d'une prise de pouvoir.

L'affirmation était sans ambiguïté. Couguar chercha longuement à déceler dans l'œil du corbeau une lueur d'humour ou d'ironie. Il n'en vit point.

— Tu as tort, dit-il. Demande-leur, si tu ne me crois pas.

Il désigna ses amis d'un hochement de tête.

Le corbeau considéra le groupe disparate auquel il décocha un regard critique.

— Sont-ils seulement capables de s'exprimer ? De penser ? De marcher ? D'agir, en un mot ?

A ce petit jeu, l'oiseau allait trop loin. Il était temps de mettre un frein à cette situation absurde.

— En voilà assez, maintenant ! dit Couguar, foudroyant l'oiseau du regard.

— Trêve de cérémonie ! dit l'oiseau, coupant à la menace de Couguar. On te connaît très bien. On sait exactement ce que tu trafiques. Tu es une brute et un lâche. Tu n'as jamais eu le courage d'affronter l'ours quand il était là et maintenant qu'il est parti, tu t'imagines capable de prendre sa place. Laisse-moi te dire une bonne chose, ce n'est pas demain la veille !

— Je te préviens, gronda Couguar, fais attention à ce que tu dis.

— Je n'ai pas fini, le défia le corbeau. Tu n'as jamais réussi à aller au bout d'une mission sans tout envoyer balader. Tu n'as jamais fait le moindre effort pour te corriger et tu te moques de ces pauvres bougres, chaque fois qu'ils cherchent à améliorer leur misérable personne. Quel chef tu fais ! Tu es incapable de *te* maîtriser. Alors, ces malheureux paumés, tu imagines ! Et lorsque, par ta ruse et ton esprit de division, tu auras complètement détruit cette communauté, tu décamperas en te croyant très spécial parce que tu auras réussi à anéantir tout ce que l'ours avait construit. Je devrais te laisser faire, je n'ai aucun droit d'intervenir dans vos affaires. L'ours s'en fiche et cette bande de lâches ne méritent pas mieux. Mais je n'apprécie pas ton attitude envers la cane. Elle a assez souffert.

— Corbeau ! tonna Couguar, regarde-moi bien ! Pèse tes chances et demande-toi si ce que tu fais est sage...

Couguar avait la voix rauque, ses yeux brillaient d'une lueur qu'on avait oubliée depuis longtemps à la clairière. Aveuglé par la colère qui grondait en lui, il n'avait pas pris garde au nombre toujours croissant de corbeaux qui envahissaient maintenant la cime des arbres, tout autour de lui.

— *Chat* ! riposta le corbeau. Nous sommes déjà intervenus auprès de toi. C'est *toi* que j'avertis ! Epargne-moi de te rappeler ce jour...

A mi-phrase, Couguar bondit et frappa.

Le coup fut si rapide que personne ne le vit. Une poignée de plumes noires retomba en pluie sur le sol. Le corbeau venait d'être réduit au silence, à jamais.

Au prix d'un immense effort, Couguar tenta de se ressaisir. En un clin d'œil, il perçut la fragilité de sa position.

— J'espère que vous comprenez ce qui vient de se produire, fit-il mal à l'aise.

Personne ne lui répondit. L'assemblée était abasourdie. Toute violence avait déserté leur vie à la clairière depuis longtemps, et, l'acte abominable de Couguar remettait tout en cause. Le charme sous lequel ils avaient vécu jusqu'alors était brisé.

— Un complot se trame, ici, proclama Couguar d'une voix effrayante, et nous savons tous qui le dirige. Nous devons rester unis. S'il y a un prix à payer, nous serons prêts à le payer !

Le message ne passait pas. Il se mit à hurler contre sa triste équipe, terrorisée, les insultant comme s'ils étaient responsables de ce qui venait d'avoir lieu ; comme si c'étaient eux, qui l'avaient poussé à commettre cet acte monstrueux.

Alors, les corbeaux frappèrent.

S'unissant aux forces déjà présentes, voilant le ciel, la lune et les étoiles, un véritable déluge d'ailes noires fondit sur la clairière et une obscure tornade s'abattit sur le félin et l'engloutit.

Les corbeaux repartirent aussi vite qu'ils étaient venus.

Couguar courait tout autour de la clairière, il hurlait comme un possédé, se protégeant le visage d'une patte, tandis que l'autre balayait l'air pour se débarrasser des oiseaux, maintenant disparus.

— Au secours ! Au secours ! Eloignez-les de mes yeux !

Il zigzaguait tous azimuts, il trébuchait, se tordait de douleur, se roulait dans la poussière, il se jetait contre les arbres, se brûlait au feu de bois. La petite équipe le regardait, pétrifiée d'horreur. Il finit par trouver un chemin de traverse, et fuyant la clairière en hurlant tout son saoul, il s'enfonça dans la forêt. Ses cris de douleur résonnèrent toute la nuit et une grande partie de la journée du lendemain.

On ne revit plus jamais Couguar dans cette région du monde. Cependant, il arriva à ceux de la clairière d'avoir de ses nouvelles. A travers toutes les rumeurs qui couraient sur son compte, ils surent ainsi qu'il se remettait rapidement de ses blessures, qu'il surmontait la honte et l'impuissance. Et, lentement, bien des années passant, il finit par accepter sa cécité. Beaucoup plus tard, il apprit à éprouver une certaine gratitude envers les nouveaux amis qui lui portaient gentiment quelque nourriture ou qui lui servaient de guide. Après bien des années encore, à ce qu'on dit, il réussit même à apprendre la patience et l'humilité. Un tout petit peu.

Les jours qui suivirent furent très paisibles à la clairière. Bubber, Frou-Frou et Ida exécutaient leur travail avec lenteur et attention, examinant en détail leur part de complicité dans les événements de ces dernières semaines.

Marion avait retrouvé sa place de « maman » auprès de ses amis et sa tendresse, libre de tous reproches, les aida lentement à apaiser leur chagrin.

Bubber luttait désespérément pour retrouver sa paix intérieure et pour comprendre, à la lumière des récents événements, le sens nouveau des choses et l'univers dans lequel il évoluait. Mais la seule certitude à laquelle il parvenait était un sentiment aigu de culpabilité envers Marion. Il savait qu'il n'arriverait plus à rien avant de lui avoir présenté des excuses.

Le sentiment de son propre échec était si cuisant que plusieurs jours se passèrent avant qu'il ait le courage d'aller la voir. Lorsqu'il en trouvait la force, elle n'était jamais seule ; lorsqu'elle était seule, elle était trop occupée... Cette culpabilité lui devint si insupportable, qu'il finit par aller lui parler au pire moment !

— Marion ! balbutia-t-il d'une voix forte et maladroite. Pardonne-moi, je t'en prie !

Il s'effondra à ses pieds, le corps secoué de gros sanglots.

L'émotion la gagna, elle aussi, et elle se mit à pleurer et à le caresser de son aile, un peu comme elle l'avait fait la nuit où ils s'étaient rencontrés pour la première fois.

« Rien ne change, tout demeure », pensa-t-elle.

Maintenant que Bubber leur en avait ouvert la voie, les autres vinrent chacun à leur tour, à leur manière, demander pardon à Marion. Ce fut, pour chacun, une expérience douloureuse mais purificatrice. Bien que jamais Marion ne leur ait adressé de reproches, elle fut bien contente de sentir toutes ces affreuses tensions se déchirer. Elle savait qu'ils découvraient aussi beaucoup de choses sur eux-mêmes.

Ils réapprirent bientôt à parler.

Ils appréciaient maintenant leur amitié à

travers des voies nouvelles. Leurs conversations étaient plus posées, ils devenaient plus contemplatifs, moins intéressés par le sens fondamental des choses, et davantage par la paix et l'ordre, au jour le jour.

Lorsque le choc des dernières semaines s'atténua, Bubber se lança timidement dans l'analyse de ses sentiments à l'égard de l'ours. Dès qu'il pensait à lui, il se sentait vide et blessé, tout en cherchant par tous les moyens à éviter de se laisser gagner par un sentiment de trahison. Il en connaissait trop les conséquences. Cependant, il lui était difficile de ne pas être troublé et malheureux d'avoir perdu son mentor, son ami, son maître. Le nier ne servait à rien.

Poussé doucement dans ses retranchements, Frou-Frou finit par admettre qu'il ressentait la même chose. Sa complicité avec Bubber s'était renforcée, mais elle s'exprimait maintenant de manière moins mélodramatique, au travers de gestes simples et affectueux, plutôt que dans de longues discussions enflammées.

Puis un jour, Frou-Frou recommença à se déplacer selon la tradition de sa race. A première vue, Bubber considéra cela comme une défaite, ce qui le troubla, mais Frou-

Frou eut tôt fait de lui démontrer que c'était justement la voie à suivre.

— Tous ces roulés-boulés, c'était un exercice grotesque, avoua-t-il. Avec un corps comme le mien, c'est évident. Pourquoi prétendre le contraire ? Faire des galipettes comme une chatte en chaleur ne me rapprochera pas ni de la perfection, ni de mon lion, ou de je ne sais quel autre idéal.

— A cet égard... avança Bubber avec précaution.

Il percevait que son ami commençait à douter de la finalité du but à atteindre.

— Quoi ?

— Cette histoire de lion...

Frou-Frou étudia sa réponse avec soin.

— Je ne sais plus très bien quoi en penser, dit-il enfin. Des choses plus urgentes m'inquiètent actuellement.

— C'est tout à fait ce que je ressens, dit Bubber.

— Une chose est sûre, ajouta Frou-Frou, l'ours me manque horriblement. C'est un malaise de tous les instants, qui ne me quitte jamais.

— Tout comme moi, dit Bubber.

— Le secret, c'est de ne pas le rendre responsable de ce malaise.

— Tu as raison. Bubber opina du chef.

Frou-Frou ne se consacra bientôt plus

qu'à la méditation. Il ne parlait plus. Il passait des heures allongé à la lisière de la clairière, à contempler l'horizon. Il faisait son travail, il était chaleureux et amical, mais dès que rien de particulier ne le retenait, il regagnait son poste d'observation.

Bubber le rejoignait quelquefois. Il s'allongeait près de lui et partageait sa solitude. Il se disait souvent que leurs échanges étaient plus profonds au cours de ces moments de silence que durant leurs discussions passionnées d'autrefois. L'amitié, l'amour ne nécessitent ni déluge de mots — il le découvrait — ni abondance d'actions.

Un après-midi, après un silence particulièrement long et dense, Frou-Frou parla.

— Il est quelque part là-bas, Bubber. Au-delà de ces montagnes, dans cette direction...

— Ours ?

Frou-Frou fit « oui » de la tête.

— Comment le sais-tu ?

— Je l'ignore.

— Il t'a parlé ? Tu as eu une vision ?

— Non, je sais où il est, tout simplement... Frou-Frou donnait l'impression d'écouter une voix dans le lointain. Et, il va bien...

— Voilà au moins une bonne nouvelle, dit Bubber.

— Tu ne me crois pas, n'est-ce pas ? sourit Frou-Frou.

Bubber réfléchit avant de répondre.

— Il me semble que je ne crois plus en rien, mon cher Frou-Frou. C'est très négatif, je le sais et je le regrette, mais actuellement, je ne ressens plus le besoin de croire. J'en retrouverai peut-être le goût un jour, et j'espère, ce jour-là, être soutenu par une conviction plus solide que dans le passé. Avant de me remettre à croire en quoi que ce soit, j'ai besoin de reprendre confiance en moi. Tu comprends ?

— Parfaitement, dit Frou-Frou. C'est un peu ce que je ressens aussi. Néanmoins, je crois que l'ours se trouve quelque part dans ces montagnes.

De la tête, il désigna l'horizon.

— Comment peux-tu être aussi affirmatif ?

— Je ne ne sais pas... Mais il est là-bas, et je dois aller le chercher.

Bubber regarda le paysage qui s'étendait à ses pieds.

— Tu soutiens qu'il se trouve au-delà de ces montagnes ? demanda-t-il inquiet.

— Oui, je le crois.

— Mais Frou-Frou, ces montagnes sont situées à plusieurs semaines d'ici, il est même difficile d'évaluer à quelle distance exactement, en plus elles sont couvertes de neige. Tu n'es pas équipé pour te déplacer dans des terrains pareils, tu n'as pas la technique. Tu ne survivras jamais dans des climats aussi froids. Non, je t'assure, ce n'est pas une bonne idée.

— Je dois le retrouver, s'entêta doucement Frou-Frou.

— Si j'étais toi, je réfléchirais encore avant de me lancer dans une telle aventure.

— J'ai besoin de le voir.

— Oui, nous aussi, dit Bubber. Nous avons tous besoin de le voir. Nous en avons déjà discuté. Mais ton idée est imprudente. Je te suggère vivement d'en parler à quelqu'un qui a déjà voyagé dans ces régions. Tu verras ce qui t'attend. Ces régions sont rudes et tu es dans une condition physique épouvantable.

— Oh, je vais mieux, tu sais, depuis que je ne pratique plus les roulés-boulés...

— Non, Frou-Frou, tu n'es pas en forme. Regarde-toi.

— J'admets que ce n'est pas très rationnel, mais j'y ai beaucoup pensé. Je sais qu'il est là-bas. Je dois aller le chercher.

— Pas rationnel ! C'est le moins qu'on puisse dire ! Sur ce point, tu as raison. Ce voyage est complètement suicidaire ! Tu es sûr d'y avoir suffisamment réfléchi ? A mon avis, c'est un geste de désespoir, comme tes roulés-boulés. Une autre façon de te flageller. Pourquoi ? Tu n'en es plus là... Tu as dépassé tout ça.

— Non, c'est très différent, murmura Frou-Frou. J'ai tout simplement besoin d'être avec l'ours.

Il n'y avait aucune passion dans sa voix. Il était clair qu'il mûrissait sa décision depuis un certain temps et qu'il cherchait maintenant le meilleur moment pour partir. Chacun de ses actes n'était autre qu'une étape de cette préparation. Il ne s'imposait ni entraînement physique, ni exercice de survie dans la neige. Non, c'était plutôt une question d'état d'esprit ; sa manière tranquille et entêtée d'aborder les choses, l'attention profonde qu'il portait à chacun. Il traitait même Ida avec gentillesse et respect. Il l'écoutait. Il s'armait de patience pour trouver un sens à ce qu'elle disait.Et comme par miracle, elle se mit à parler de manière bien plus sensée. Maintenant que tout le monde lui prêtait attention, elle communiquait d'autant mieux.

Bubber observa les préparatifs de Frou-Frou avec une crainte mêlée d'émerveillement. C'était comme s'il observait quelqu'un se préparant à mourir. Il était d'ailleurs convaincu que c'était le sens de cette expédition. Frou-Frou avait abandonné et il souhaitait en finir. Bubber aurait bien voulu en discuter avec son ami, tout en sachant combien c'était inutile.

Enfin un matin, après le petit déjeuner, Frou-Frou annonça tranquillement qu'il devait partir. Il s'assit un moment au milieu de ses amis, s'imprégnant encore de ce lieu, le seul vrai foyer qu'il eût jamais connu, gravant son souvenir dans sa mémoire, puis il se leva et se mit lentement en route.

Ses amis l'accompagnèrent jusqu'à la lisière de la clairière, ils l'embrassèrent longuement, l'étreignant de tout leur cœur. Ils le reposèrent délicatement sur le sol et Frou-Frou s'éloigna en rampant. Il se retourna une seule fois pour sourire à ses amis, avant de disparaître entre les branches et les buissons. Ils regardèrent onduler les hautes herbes qu'il frôlait au passage, en descendant le long de la montagne. Quand il leur fut impossible de suivre sa trace en observant les mouvements de la nature, ils contemplèrent le chemin qu'il allait emprunter durant les semaines suivantes. Leurs regards parcoururent l'immensité des plaines fertiles s'étendant à leurs pieds, verrouillée au loin par des collines sauvages qui remontaient vers le ciel en avant-postes des forteresses de glace interdites, qui semblaient défier quiconque de s'en approcher.

Ils eurent quelques difficultés à se détacher de ce spectacle, avant de retourner à leurs occupations. Ils restaient proches, groupés, luttant contre le spleen qui les envahissait.

Le lendemain matin, peu après le lever du soleil, Gwen fit son apparition à la clairière. Elle avait disparu depuis plusieurs jours, mais personne ne semblait l'avoir remarqué.

Une lueur d'espoir brillait dans son regard, elle gratta nerveusement le sol avant de se résoudre à parler.

— Je rentre chez moi, dit-elle timidement. Je retourne auprès des miens et je voulais vous dire au revoir avant de partir. Elle prit un temps avant de continuer, espérant une réaction, qui ne vint pas. Je préférerais plus que tout rester avec vous, mais c'est impossible. Elle attendit de nouveau une réaction. Je comprends très bien que vous vous fichiez éperdument de ce que je peux vous dire. Je n'ai pas été une compagne très agréable, j'ai sans doute été bien déprimante. C'était ma faute, je me détestais tellement. Vous n'y êtes pour rien. Je veux que vous le sachiez. Voyez-vous, j'ai une famille, un compagnon, des petits que j'ai abandonné tout ce temps-là. Cela me pèse. Je n'étais pas trop douée pour la vie de famille. Je manquais à tous mes devoirs, alors je me suis enfuie, espérant qu'ils seraient plus heureux sans moi. Aujourd'hui, je me rends compte de mon erreur. Malgré la sincérité de mes sentiments, j'ai eu tort d'agir ainsi. Je dois retourner auprès d'eux et réparer le mal que je leur ai causé. Pourtant, je veux que vous sachiez une chose le temps que j'ai passé : ici, à la clairière a été la seule période heureuse de mon existence. Vous m'avez sauvé la vie et je souhaite, plus que tout, revenir un jour. Je prierai dans ce sens, même si cela s'avère impossible. Ainsi, dit-elle posément, si je ne dois jamais vous revoir, je tiens à vous remercier de toute votre gentillesse et de toute votre patience.

Elle attendit un signe, une réaction lui prouvant qu'ils l'avaient comprise, qu'elle ne leur était pas totalement indifférente, qu'ils l'avaient entendue, mais ils la regardaient les yeux absolument vides.

C'était plus qu'ils n'en pouvaient supporter. Le moment était mal choisi. Parler était au-dessus de leurs forces.

— Voilà, c'est tout ce que je voulais dire, murmura Gwen. J'espère ne pas vous avoir créé trop de soucis.

Elle gratta la poussière un instant, espérant encore une réaction. Aucune ne vint. Alors, elle se détourna vivement et s'enfuit.

— Elle a bien choisi son moment ! dit Marion amèrement. Elle n'a jamais rien partagé, elle a profité de tout ce que nous avions sans jamais rien donner en échange. Bon vent...Ouf... On va enfin respirer, maintenant qu'elle est partie ! Elle retourna se plonger dans son ménage.

Bubber la rejoignit. Ramassant une branche de pin, il entreprit de frotter les bols du petit déjeuner. Une inquiétude sourde le rongeait. Il luttait pour ne pas l'admettre, mais elle finit par le submerger. En jurant, il balança violemment la branche de pin à travers la clairière et prit la direction de la forêt.

— Où vas-tu ? interrogea Marion.

Il y avait eu trop d'allées et venues, Marion n'était plus d'humeur à laisser quiconque s'éloigner, ne fût-ce qu'un instant. Ça suffisait.

— Je pars à la recherche de Gwen.

— Pourquoi ?

— Pour lui dire au revoir. Pour lui souhaiter « bonne chance ».

— Elle n'a pas besoin de tes bons vœux.

— On ne sait jamais...

— Elle voudrait qu'on lui pardonne sans

avoir à faire le moindre geste dans ce sens.

— Son premier devoir est envers sa famille. C'est auprès d'eux qu'elle doit agir d'abord. Elle le sait. Si nous ne lui souhaitons pas bonne chance, elle risque de ne pas réussir à réparer le mal qu'elle a fait.

— Elle n'a rien appris ici !

— Ce n'est pas à toi de le dire, répondit Bubber en quittant la clairière à toute allure.

Marion frissonna de tout son corps, de fureur et de frustration. Elle éclata en sanglots, et les mots s'échappèrent de sa bouche, malgré elle.

— *Alors, souhaite-lui bonne chance de ma part aussi !*

Sa voix était crispée, bouleversée. Elle aurait voulu se taire, mais elle ne pouvait pas se retenir. Malgré tout le chagrin, toute l'angoisse qu'elle ressentait, sa bonté et sa pureté de cœur ne pouvaient pas être freinées. Elles trouvaient toujours moyen de forcer le passage.

Bubber courut long-
temps, pestant et
jurant contre les problèmes que Gwen avait
créés, mais aussi contre ce sens des responsabilités qu'il sentait grandir en lui et peser
comme un poids mort. Il était sûr qu'elle
avait raison d'agir dans ce sens. Elle ne
serait en paix nulle part tant que ceux
qu'elle avait abandonnés ne lui auraient
pas pardonné. Ce n'était pas seulement une
chose juste à faire, c'était aussi la seule
possible. Il arrive, dans la vie, qu'il y ait
des choix, des chemins différents. Dans le
cas de Gwen, c'était la seule voie qui s'of-
frait à elle, la seule qui lui permettrait de
continuer à vivre. Il ne souhaitait pas en
savoir plus sur elle, ni s'intéresser à elle
plus que de raison, mais il percevait que si
elle réussissait dans sa tentative, son propre
parcours en serait facilité. S'il la laissait
partir la mélancolie dans l'âme, il sentait
qu'il serait lié à elle à tout jamais. C'était

une charge morale qu'il refusait de porter. S'il lui arrivait le moindre accident sur le chemin du retour, si elle ne parvenait pas à convaincre sa famille, il se détesterait le restant de ses jours. Et ce serait pire encore pour cette pauvre Marion qui se débrouillait toujours pour prendre les choses plus à cœur que n'importe qui. Il n'avait certes pas l'intention de courir toute la région pour la retrouver. Dieu seul savait quelle direction elle avait prise ! Elle était peut-être loin déjà. Il traversa les broussailles à la hâte, prenant un raccourci vers la rivière qui serpentait jusqu'au pied de la montagne. Peu de temps après, il entendit une grande clameur se mêler au grondement sourd des eaux d'une cascade se brisant au fond des gorges.

Au fur et à mesure qu'il se rapprochait, le son se précisa, il reconnut des aboiements et des grognements. Il franchit encore un méandre de la rivière et vit Gwen. Les yeux en feu, la bave au museau, elle tentait de repousser une meute de chiens sauvages et affamés. Ils avaient réussi à la coincer à l'endroit précis où la rivière faisait une chute dans les gorges d'une trentaine de mètres. Terrorisé, Bubber regardait les chiens se rapprocher d'elle, lui mordiller les chevilles, tenter de l'obliger à se tourner suffisamment longtemps pour la saisir au col. Elle était sans arrêt en mouvement, elle envoyait des coups de pieds, virevoltait, se cabrait. Elle bougeait avec une telle vivacité qu'ils ne parvenaient pas à l'attraper. Leurs regards exprimaient une sorte de désespoir, tandis qu'ils la harcelaient. Ils savaient cependant que sa résistance faiblirait. S'ils la maintenaient prisonnière de ce coin, elle finirait par s'épuiser, alors l'un d'eux n'aurait plus qu'à bondir et à se jeter sur elle de tout son poids pour qu'elle perde l'équilibre. Ce n'était qu'une question de secondes. Un chien réussit à lui mordre une cheville, elle le repoussa d'un coup de patte. Un autre bondit sur son arrière-train, un troisième s'accrocha à ses flancs. Elle rua, se cabra, fit tant et si bien qu'elle l'envoya très haut dans les airs et, avant qu'il retouche terre, elle lui décocha un coup de sabot en pleine gorge. Sa cheville était en sang, un mince filet rouge se dessina le long de son poitrail, sa respiration se fit plus haletante. Elle comprit que c'était bientôt la fin de sa résistance. Les chiens, aussi. Une pause s'installa dans le combat. Un court instant d'immobilité absolue. Comme un hommage rendu à la biche. Puis, les chiens se regroupèrent, prêts à la curée. Ils se préparaient à bondir, soudain, Gwen se dressa sur ses pattes arrière, pivota lestement et s'élança dans le vide.

Sans la moindre hésitation, les chiens s'en retournèrent vers les sous-bois à la recherche d'une nouvelle proie.

Bubber courut au bord du précipice pour voir où elle était tombée. Par miracle, elle avait atterri au beau milieu de la rivière, mais sa tête avait heurté un gros rocher plat qui affleurait la surface de l'eau. Elle flottait, inconsciente, la tête ballottée au gré de l'eau. Le rocher contre lequel elle s'était cognée la retenait prisonnière, la protégeant contre la puissance du courant.

Sans réfléchir, Bubber se jeta du haut de la falaise. Il atterrit en amont de Gwen. Luttant contre le courant, il dériva jusqu'à elle. Tant bien que mal, il se hissa sur le rocher qui la retenait et s'appliqua de toutes ses forces à lui maintenir la tête hors de l'eau. Il criait à tue-tête pour la réveiller, suffoquant à chaque paquet d'eau qu'il avalait, bataillant de son mieux avec le poids énorme qu'elle représentait pour lui.
— Gwen ! Réveille-toi ! Réveille-toi ! hurlait-il au milieu des grondements de la cascade.

Elle ouvrit les yeux une brève seconde et replongea aussitôt dans l'inconscience. Malmené comme une épave au fil de l'eau, son corps montait et descendait au rythme

292

du courant. Bubber s'arc-boutait, poussait, tirait, mais elle était trop grande, trop lourde et, petit à petit, il glissait de ce coin de rocher auquel il avait, par miracle, réussi à s'accrocher. Hoquetant, étouffant, avalant autant d'eau que d'air, rassemblant toute l'énergie qui lui restait, il donna une violente impulsion de l'épaule, malheureusement le rocher ne retenant plus le corps de Gwen, le libéra et il glissa. Pivotant sur lui-même, entraînant Bubber dans son sillage, le corps de Gwen, pris par la puissance du courant, descendit rapidement la rivière et dériva jusqu'à la rive la plus éloignée. Il alla buter contre le bord de la berge où l'eau était peu profonde, retenant Bubber prisonnier sous lui.

Peu après, Gwen se remit à respirer. Crachant et toussant, elle s'éveilla, fébrile et se releva en chancelant. Son regard se posa alors sur Bubber, inerte, sans vie, qui flottait tout près d'elle, entre deux eaux. Ramassant le petit corps entre ses mâchoires, elle le sortit de l'eau et alla le déposer sur la terre ferme, sur un tas de feuilles. Elle le mordilla, lui envoya des petits coups de pattes. Comme rien n'y faisait, elle appela au secours. Elle appela longtemps, hurlant de tout son cœur. Plus elle pleurait, plus elle le secouait, plus elle le poussait du museau, cherchant sans succès à le ranimer.

— Au secours ! criait-elle, au secours ! Je vous en supplie !

Un corbeau, ayant vu toute la scène, était déjà parti à tire-d'aile à la clairière prévenir Marion et Ida. Elles arrivèrent hors d'haleine à la rivière, à l'aide de Gwen. Mais il était trop tard pour Bubber.

— Il m'a sauvé la vie, gémissait Gwen, épuisée par l'émotion. J'ai pensé du mal de lui, je l'ai méprisé. Et lui, lui, il s'est tué pour moi.

Elle s'écroula en sanglots. C'était plus que Marion et Ida ne pouvaient en supporter. Elles avaient vu trop de monde disparaître ces jours derniers. Il fallait leur distiller les coups durs à petites doses, maintenant, si on voulait qu'elles gardent le goût de vivre. Immobiles, muettes, elles regardaient Gwen laisser éclater son émotion.

Plus tard, toutes trois rapportèrent le corps de leur ami à la clairière. Il serait enterré à l'ombre des grands arbres qu'il aimait tant.

Parvenu au bout du couloir, Bubber fut ébloui par des milliers de soleils. La lumière se répandait par vagues successives, elle l'enveloppait, elle l'inondait de la tête aux pieds. C'était une sensation nouvelle, extra-ordinaire et si familière à la fois, qu'il avait l'impression de l'avoir toujours connue.

Un lion se tenait auprès de lui, puissant et majestueux. Ce lion naissait de la lumière. Ce lion était la lumière. Ce lion était l'ours.

— Tu es un peu en avance, dit le lion, souriant à Bubber d'un air radieux. Nous sommes néanmoins très heureux de te voir. Ton courage fut remarqué et hautement apprécié.

— Je n'ai fait que mon devoir, dit Bubber avec une certaine fierté. Pour être sincère, je n'en avais pas mesuré les conséquences.

— C'est là, entre autres, tout le mérite de ton acte, dit le lion qui était ours. Tu as très bien agi.

— Je suis heureux que tu sois satisfait.

Bubber, irradiant lui aussi d'un éclat parti-culier, sourit au lion-ours. Alors baissant les yeux sur son propre corps, il s'aperçut, non sans étonnement, que ses pattes étaient couleur feu, il sentit flotter autour de lui le soleil doré d'une crinière et virevolter dans le bas de son dos, l'étincelante comète d'une queue.

— Te connais-tu toi-même ? demanda l'ours devenu lion.

— Oui, je crois, répondit Bubber.

— *Qui es-tu ?* demanda le lion qui était ours.
— *Je suis un lion, ce me semble.*
— *Certes. Voilà qui tu es, mon enfant. Tu es devenu ce que tu redoutais d'être, ce dont tu niais l'existence et que tu fuyais. Tu es ce qui n'a ni fin, ni commencement. Ce qui est grand, ce qui est sage. Tu es ce qui est bon. Ce qui est partout, ce qui est éternel. Tu es le lion.*

Et dans toute sa perfection, le lion qui était ours lui sourit. La joie les submergea. Tous deux savaient maintenant qui ils étaient. Ils étaient devenus la lumière. Ils étaient un et indivisibles. Le lion qui était ours lui montra toutes choses. Ils se rendirent en tous lieux imaginables. Ils trouvèrent le commencement et la fin. Ils traversèrent des espaces infinis et découvrirent des mondes illimités. Ils observèrent les origines de la vie et le mouvement interstellaire. Ils regardèrent des galaxies exploser, se désintégrer puis renaître. Ils virent des merveilles inexprimables, ils connurent des joies indicibles. Quand ils eurent tout vu, tout parcouru, le lion qui était lemming se sentit aspirer vers son ancienne condition. Son ancienne condition de lemming qui l'enchaînait au temps et à l'espace. Cette enveloppe si petite, si lourde et si insignifiante. Il voulut la repousser de toutes ses forces, s'en dépouiller et demeurer lumière. Mais le lemming se cramponnait.

— Que se passe-t-il ? demanda-t-il. Que m'arrive-t-il ?

— Si loin que tu sois parvenu, si remarquable que soit ton chemin, il semble cependant que tu n'aies pas épuisé les voies du lemming et qu'il ait encore besoin de toi.

— Je suis un lion, dit Bubber. Je me reconnais comme lion, aujourd'hui. Les lemmings ne m'intéressent plus.

— Sa présence nous indique le contraire, dit l'ours plein d'affection.

— J'ai donné ma vie pour un autre animal, gémit Bubber, un animal que je n'aimais guère. N'est-ce pas suffisant ? Peu de lemmings en font autant d'habitude.

— C'est un acte très important, certes, dit l'ours, cependant te voilà revêtu de ton pelage brun de rongeur.

— Cela me plaît ici, protesta Bubber. Je me sens enfin exister. Je touche enfin au concret. J'ai atteint à la connaissance. Je ne veux pas retourner dans ce monde d'inquiétude et de désarroi.

— Ne crains rien, dit le lion qui était ours. Tes progrès sont réels. Tu as parcouru un long chemin. Je pense que tu seras agréablement surpris.

Gwen, Ida et Marion ramenèrent le corps de Bubber à la clairière.

Elles creusèrent un trou sous son arbre préféré, puis le déposèrent dedans. Elles restaient là, immobiles, à contempler la dépouille de leur ami, ne sachant trop que faire. La brise légère qui soufflait dans les branches d'arbres ajoutait à leur tristesse.

— Vous croyez que nous devrions dire quelques mots ? murmura Gwen. Nos dernières pensées, pour ainsi dire...

— Fais-le, toi, articula Marion, sachant qu'elle-même serait incapable de prononcer un mot.

— Je ne suis pas très douée pour ces sortes de choses, dit Gwen.

Ses vieilles angoisses reprenaient le dessus.

Personne ne répondit.

— Marion... Je n'étais pas si proche de lui, insista-t-elle. Je le connaissais à peine.

Personne ne répondit.

Elle était sur le point d'ajouter quelque chose, mais elle se retint.

« Si je ne dis pas ce qu'il faut, pensa-t-elle, je les détournerai encore de moi. » C'était une pensée bien mesquine en regard de ce que Bubber avait fait pour elle. Son égocentrisme l'écœura. « Affronte tes angoisses pour l'amour du ciel, s'exorta-t-elle. Affronte ton trac ! Il est mort pour toi ! » Elle respira profondément et puisa au fond de son cœur.

— Nous t'adressons toutes nos pensées avec ce jeune lion, dit-elle d'une voix à peine audible. Puissent-elles l'accompagner tout au long de ce voyage vers son véritable foyer. Nous le déposons sur les ailes de l'amour, convaincues qu'il s'envole pour le pays où n'existent plus ni douleur, ni peur, ni mort. Là, il trouvera pour toujours sa place auprès de l'ours, dans la paix, la joie et la compréhension dans les siècles des siècles. Nous lui serons éternellement reconnaissantes du sacrifice immense qu'il a fait pour nous. Puissions-nous ne jamais l'oublier et puissions-nous apprendre à donner ainsi de nous-mêmes pour aider les autres, comme il s'est donné pour nous. Adieu, doux ami.

En écoutant Gwen parler, Marion mesura enfin tout l'amour, toute la compassion qui débordaient du cœur de la biche.

— Merci, lui dit-elle quand Gwen eut terminé. C'était très beau.

Ce fut tout. Mais Gwen sut déceler dans cette courte phrase, le pardon qu'elle avait tant espéré.

En hésitant, elles commencèrent à jeter de la terre dans la tombe.

A la première poignée, Bubber éternua et cracha la rivière tout entière ! Un violent « geyser » d'eau et de boue jaillit de sa bouche, éclaboussant tout le monde.

— Mon Dieu ! s'écria Marion. Il est vivant ! Sortons-le de là ! Sortons-le de là !

Elles le tirèrent du trou, lui appuyèrent sur le ventre, le bourrèrent de coups, jusqu'à ce qu'il réagisse. Il était assez mal en point sans que ses amies le tabassent !

— Qu'est-ce que vous faites ? hurla-t-il terrifié. Laissez-moi tranquille !

— Tu m'as sauvé la vie ! répétait Gwen, secouée de rires et de larmes. J'ai pensé du mal de toi. Je t'ai rabroué. Je t'ai méprisé et toi, tu t'es sacrifié pour moi. Oh, mon Dieu ! Mon Dieu !, gémissait-elle laissant enfin s'exprimer les émotions refoulées tant d'années durant.

— Assez ! Bubber la repoussa. Retourne auprès de tes enfants. Va t'occuper de ta famille avant qu'il ne soit trop tard.

Il se leva avec mille précautions, il regarda autour de lui, espérant retrouver ses esprits, mais ce fut peine perdue, alors il s'allongea et dormit un jour et demi.

Lorsque Bubber s'éveilla enfin, ce fut avec la sensation qu'il avait du mou à la place du cerveau. Il déambulait dans la clairière en se tenant la tête, incapable de garder son équilibre, se retenant à tout ce qui lui tombait sous la main pour éviter la chute. A croire que son centre de gravité s'était déplacé ailleurs, à un nouvel endroit indéfinissable. Ida lui dit que ce n'était sans doute qu'un mal de crâne passager, mais il n'était pas convaincu. Il s'assit sous son arbre pour mettre de l'ordre dans ses pensées, pour voir s'il pouvait en ralentir le cours. Il se souvint alors de ce qui lui était arrivé. Où il était allé. Il crut tout d'abord avoir rêvé, mais des bribes de conversations, de sensations lui revinrent en mémoire si présentes, si riches qu'il comprit vite que l'aventure était vraie.

— J'ai retrouvé l'ours, raconta-t-il à Marion qui l'observait avec inquiétude.

— C'est bien... dit-elle.

— Je te jure que c'est la vérité. J'étais avec l'ours. Il m'est apparu sous la forme d'un lion, il étincelait de mille lumières. Nous avons exploré l'univers ensemble. Moi-même je me suis découvert en tant que lion. Tout est vrai, Marion. Tout ce qu'il nous a dit est vrai.

— Je le sais bien.

Elle paraissait heureuse que Bubber ait enfin un rêve à partager avec elle. Ce même rêve qu'elle portait au fond du cœur depuis si longtemps. La réaction de Marion obligea Bubber à réfléchir un instant. Avait-il rêvé ? Sa brève rencontre avec la mort lui aurait-elle provoqué des hallucinations ? Il essaya de repousser ces images, mais elles se cramponnaient à lui. Plus il retrouvait ses forces, plus elles prenaient de densité.

Peu à peu, les maux de tête s'apaisèrent, il retrouva son équilibre. Alors, il constata qu'un nouveau changement s'opérait en lui. Un cercle lumineux d'une intensité plus ou moins vive commençait à briller autour des choses. Il avait beau secouer la tête dans tous les sens pour se débarrasser de ces images fantômes, elles ne s'en allaient pas. Il n'eut bientôt plus d'autre choix que de les accepter. Dès ce moment-là, il s'aperçut que chaque chose possédait sa propre lumière.

Chaque arbre était nimbé d'un halo multicolore.

Chaque animal, chaque pierre, resplendissaient d'un éclat particulier. Les gros rochers plats, qui donnaient à la clairière son originalité, chatoyaient d'une rare clarté.

Autour d'Ida et Marion, ses amies chéries, se dessinait la silhouette du lion qu'elles seraient bientôt.

— Marion ! Je le vois ! s'écria-t-il tout joyeux la première fois qu'il s'en aperçut. Je vois ton lion ! Sa forme auréole ton corps. Tu es enveloppée d'une belle lumière dorée !

Marion sourit timidement, partagée entre le souci qu'elle se faisait pour lui, pour sa fragilité mentale et le besoin désespéré de partager sa conviction. Elle le félicita de sa vision et reprit son travail.

Bubber essaya de contenir son enthousiasme, il ne voulait pas semer le trouble dans les esprits, mais tant de choses se passaient qu'il ne pouvait pas tout garder pour lui.

— Je ne sais pas ce qui m'est arrivé, Marion, mais ce dont je suis sûr c'est que tout ce que l'ours nous a raconté est vrai. Je le vois. Je le sens. Nos lions sont auprès de nous à tous les instants. L'ours, aussi. Il est avec nous, à la clairière, presque constamment. Il nous regarde. Il nous protège de mille manières, dont nous n'avons pas conscience. Il éloigne de nous certaines choses. Il nous en apporte d'autres. Il ne nous a jamais quittés, Marion. Voilà pourquoi il ne nous a jamais dit qu'il partait. Il est avec nous, là, maintenant. En cet instant précis. Je le vois. Il me voit.

Marion et Ida l'écoutaient attentivement. Elles ne croyaient pas un mot de ce qu'il disait, mais sa passion et sa vision les réconfortaient, aussi le laissaient-elles délirer tout son saoul.

Il se mit, lui aussi, à divaguer comme l'ours autrefois. Alors, elles s'occupèrent de Bubber, comme elles l'avaient fait pour l'ours. Elles prenaient garde qu'il ne fasse rien tomber, qu'il ne se brûle pas. Lorsqu'il revenait de ses « voyages » dans l'autre monde, il leur décrivait les lieux qu'il avait visités, ce qu'il y avait vu. Tantôt il avait parcouru la moitié de la planète, tantôt il s'en était allé juste à côté. Il fut peu à peu au courant de certaines choses, sans raison apparente. Il retrouva Frou-Frou. Plein de joie, il raconta à Marion et Ida, ce qu'il devenait. Comment en dépit de difficultés inimaginables, il était toujours en vie, heureux et poursuivait son voyage vers l'ours, sans fléchir. Il avançait lentement, douloureusement, mais son lion brillait au-dessus de lui, comme un soleil. Il leur parla des corbeaux, leurs frères, leurs anges gardiens qui, s'ils ne croyaient pas en leur propre bonté, adoraient le lion de tout leur cœur et protégeaient farouchement tous ceux dont la fière crinière dorée commençait à fleurir.

Et l'ours ! L'ours vivait ! En tant que lion, bien sûr, mais aussi en tant qu'ours ! Le gros, le puissant, le merveilleux ours qu'ils aimaient tendrement était toujours parmi eux et il reviendrait, plus tôt qu'ils ne l'imaginaient. A leur habitude, Marion et Ida sourirent et hochèrent la tête en apprenant cette nouvelle. Pour se protéger de leur inguérissable chagrin, Bubber changea d'attitude, il se mit à moins parler et à pratiquer plus souvent le cri libératoire. Ida et Marion se joignaient parfois à lui. Lorsqu'ils se réunissaient pour crier ensemble, des milliers de petites lucioles dansaient autour d'eux jusqu'à ce qu'ils ne forment plus qu'une seule et même créature. Ida et Marion se sentaient toujours plus fortes après ces séances. Elles ne comprenaient pas pourquoi, c'était d'ailleurs sans importance, elles constataient simplement que, chaque fois, leur lion se rengorgeait et resplendissait d'un nouvel éclat. Aussi prirent-elles soin de crier avec Bubber le plus souvent possible.

Puis un jour, vint la souffrance. Un désir ardent pour une chose indéfinissable. Quelle que fût l'activité de Bubber, ce désir le tenaillait, il le rendait si malheureux qu'il supplia bientôt l'ours de lui venir en aide. Il prit l'habitude régulière d'aller se poster devant la grotte. Là, il sentait, plus profondément qu'ailleurs, la présence de l'ours. Une nuit, sans l'ombre d'une crainte ou d'un sentiment de culpabilité, il pénétra à l'intérieur. Il s'assit tranquillement dans l'obscurité et attendit, espérant trouver une réponse quelconque au vide qui l'envahissait.

Et l'ours vint.

— Que m'arrive-t-il ? lui demanda Bubber. Pourquoi est-ce que je souffre autant ? Il y a en moi une déchirure par où s'échappe la lumière. Que me manque-t-il ? Quelle faute ai-je commise ?

— Il te reste un devoir à accomplir, dit l'ours.

— Explique-moi ce dont il s'agit ?

— Concentre-toi.

Bubber concentra toute son attention sur l'ours. Dans une sorte de brouillard, les images de son lointain passé défilèrent devant ses yeux. Des millions de lemmings se précipitaient dans l'océan pour s'y noyer. Il courait parmi eux. A la dernière minute, il trébuchait et tombait dans la petite crevasse qui lui sauva la vie. Il voyait le soleil se lever lentement le lendemain matin. Il s'entendait, jeune lemming, prendre de grandes résolutions sur son avenir et quitter, sans un dernier regard, ce cimetière marin. Il revoyait les museaux des jeunes survivants poindre un à un de leurs terriers.

— Où allez-vous ? lui criaient-ils.

— Je ne sais pas, répondait Bubber.

— Restez nous aider. Il y a tant à faire.

— Non ! lançait Bubber.

— Vous devez nous aider, lui criait l'un d'eux. Nous devons tous nous aider les uns les autres.

— Aidez-vous les uns les autres, disait Bubber. Je ne suis pas des vôtres.

— Si, vous l'êtes ! Vous êtes un lemming. Vous êtes des nôtres !

— Plus maintenant. Je ne suis plus un lemming.

— Qu'est-ce que vous êtes, alors ?

— Je vous le ferai savoir, dès que j'en aurai une idée, disait Bubber.

Il bifurquait plein ouest et se mettait en route.

Les images s'évanouirent et le lemming devenu lion se tourna vers l'ours devenu lion.

— Est-ce clair, désormais ? demanda l'ours devenu lion.

— C'est ma déchirure, dit Bubber. Il n'y a pas de doute. Je souffre plus que jamais.

— Tu avais fait une promesse.

— En effet... Que dois-je faire, alors ?

— Tenir cette promesse. De ton mieux. L'ours devenu lion savait que ce serait très douloureux. Tiens ta promesse, jusqu'à ce que la lumière ne s'échappe plus de toi.

— Dois-je retourner parmi eux ? Demeurer parmi eux ? demanda le lemming devenu lion.

— Parle-leur simplement, dit l'ours devenu lion. Raconte-leur tout ce que tu as appris. Dis-leur ce que tu es devenu. Dis-leur ce qu'ils sont. C'est la promesse que tu leur as faite.

— M'écouteront-ils ?

— Evidemment non ! Tu as écouté, toi ? C'est la nature même des lemmings de se détruire. C'est leur destin, leur volonté. Certains seront furieux, les autres se

moqueront de toi. Cependant, tu as promis.
Et qui sait ? Un petit nombre d'entre eux
t'écoutera peut-être ? Ceux-là verront la
vérité qui brille dans tes yeux, ils verront
clairement que tu es un lion. Peut-être y en
aura-t-il même un qui, sans un seul mot,
comprendra tout de suite qui tu es et ne te
quittera plus jamais.

Le lemming réfléchit longuement aux
paroles de l'ours. Il savait de façon incontes-
table que c'était là ce qu'il devait faire.

— C'est une tâche difficile, dit-il.

— Oui, dit l'ours devenu lion, mais pas
impossible.

— Tu savais que tout finirait ainsi ?
demanda Bubber. Est-ce ainsi que tu voyais
les choses depuis la place que tu occupes
désormais ?

— Non, dit l'ours devenu lion. Je l'espérais,
mais je n'avais aucun moyen de le savoir.
Tu aurais pu souhaiter prendre une autre
voie. Les choses auraient pu tourner autrement.

Le lemming devenu lion regarda dehors,
et vit que le ciel était plus pur qu'il ne
l'avait été depuis longtemps. Il en conclut
que c'était un signe.

— Si je dois partir, ce pourrait bien être le
moment, dit-il.

— Oui, va, dit l'ours devenu lion. Je serai à tes côtés.

— Je serai aux tiens, dit le lemming devenu lion.

Et il quitta la grotte. La souffrance avait disparu.

Bubber parti, Marion essaya de reprendre le cours de sa vie, mais elle était renfermée et maussade. Elle faisait son travail mécaniquement, se consacrant uniquement aux petits travaux quotidiens auxquels elle ne pouvait échapper. Ses sentiments étaient morts. Elle ne ressentait plus ni joie, ni espoir, rien qu'un laborieux instinct de survie. Survivre pour quoi, d'ailleurs ? Elle n'en avait aucune idée et elle s'en moquait. Bubber lui avait assuré qu'il reviendrait dès la première occasion, que son foyer était ici, à la clairière, elle était restée indifférente. Elle avait bien entendu ce qu'il disait, mais ses paroles avaient glissé sur elle sans l'atteindre. Elle avait cessé de penser, d'organiser ou de s'intéresser à quoi que ce soit. Elle avait trop souffert, elle était devenue de marbre. Elle ne s'occupait plus de rien, sauf de la routine quotidienne de la clairière et ne consacrait à Ida que le strict minimum. Si elle avait été capable de réfléchir, elle se serait sincèrement attendu à ce que les choses continuent ainsi éternellement, mais elle avait cessé de réfléchir.

Un beau matin, à l'improviste, une créature qui avait dû, un jour, être un oiseau, arriva en traînant la patte. Il était à demi-déplumé, des plaques de peau à vif apparaissaient un peu partout sur son corps, les malheureuses plumes qui lui restaient étaient toutes cassées, ou effrangées. Il marchait à l'aide d'une béquille, coincée sous une aile pour se tenir droit. L'une de ses pattes était tordue en-dedans, il s'était arraché un bout de bec, en sorte qu'il sifflait à chaque respiration.

Marion le reconnut sur-le-champ.

— Gareth ? interrogea-t-elle dans un rêve. Est-ce toi, Gareth ?

— Marion ? Est-ce là, Marion ? Est-ce bien Marion ? dit la créature en clopinant vers elle, pour mieux la regarder.

— Mon Dieu ! murmura-t-elle la voix tremblante d'émotions. De toutes ces émotions dont elle aurait juré une seconde auparavant qu'elles étaient mortes et bien mortes. Mon Dieu, Gareth ! Elle le caressa délicatement. Oh, mon doux, mon tendre Gareth, dans quel état es-tu !

Elle caressa le visage tuméfié, se blottit contre lui et le serra très fort entre ses ailes.

Et lui aussi l'enlaça.

Elle baisa chaque blessure, chaque plaie de son corps.

— Je savais que je te retrouverais, Marion, dit son Gareth adoré. Toutes ces années, je n'ai jamais cessé de te chercher. Il ne s'est pas écoulé une seule journée sans que je te cherche. Et voilà, Marion voilà que je t'ai trouvée.

— Là... Là... Gareth, chutttt ! ! ! dit-elle.

Elle le tenait serré contre son cœur et le couvrait de tant de caresses qu'il se sentait peu à peu ressusciter, tandis que Marion retrouvait lentement le goût de vivre. Elle dessina du bout des doigts les rides de son visage et insensiblement, sous les cicatrices et les lambeaux de peau arrachée, réapparurent les traits familiers du beau Gareth, son bien-aimé, et les deux images ne formèrent plus qu'un seul et même visage. En dépit de toutes ses promesses, de tous ses vœux, de tous ses espoirs, elle était heureuse une fois encore.

Au beau milieu de ce bonheur tout neuf, un hibou arriva à la clairière. Il voleta maladroitement de branche en branche, observant tous les habitants d'un œil glauque.

— Où suis-je ? cria-t-il. Dans quel pays ? Y a-t-il une cane ici ?

— Oui, je suis la cane, répondit Marion.

— Y a-t-il aussi un lemming ? Un opossum ?

— Oui, parfaitement.

— J'ai un message pour vous.

— Quel message ?

— Je ne m'en souviens pas. Il concerne un ours.

Le cœur de Marion bondit dans sa poitrine.

— Un ours ? Que lui arrive-t-il ?

— Laisse-moi reprendre mes esprits, je te prie, dit le hibou. Il se posa sur une branche et se gratta la tête d'une longue griffe ! Quelqu'un m'a décrit cet endroit, vois-tu, mais j'avais complètement oublié que je devais y passer, et soudain, en le survolant, je me suis dit « au fait, n'est-ce pas ici que je suis sensé me rendre ? » Et cela m'a rappelé quelque chose.

— Quel est le message de l'ours ? insista Marion, angoissée.

— Ah ! Oui... Le message de l'ours... Le hibou la fixa le regard vide. Un message de l'ours... Ne serait-ce pas plutôt un message concernant un ours... Ou les deux...

— C'était un ours blanc, très grand ? demanda Marion sans beaucoup d'espoir. Peux-tu, au moins, te rappeler ça ?

— Un grand ours blanc... Oui, je crois bien...

— Qu'est-ce qui lui arrive ? Marion hurla presque.

— Attends un peu. Les morceaux du puzzle commencent à se remettre en place...

Le hibou plissait si fort les sourcils que ses yeux avaient l'air de lui sortir des orbites.

— Qu'arrive-t-il au grand ours blanc ? Marion hurlait maintenant sans retenue.

— Holà ! Du calme ! dit le hibou. Tout cela remonte déjà loin. Je n'ai pas que ça en tête, moi ! J'ai d'autres problèmes dans la vie.

— Parle-moi de l'ours ! criait Marion.

— Oui, j'y suis ! Le hibou se frappa le front. Je m'en souviens maintenant. Il s'agit d'un message de la part de l'ours. J'en suis absolument sûr, c'est bien un message de la part de l'ours.

— Tu l'as vu ? cria Marion. Tu l'as vraiment vu ?

— Oui, je l'ai vu. Oui. Je me souviens de tout, maintenant. Un imposant personnage.

Blanc. La voix douce. Je l'ai rencontré sur la banquise.

— Sur la banquise ?

— Oui. Avec deux phoques.

— Deux phoques ? répéta Marion.

— Oui, des petits. Des bébés. Enfin, on aurait dit des phoques. Mais l'un était peint en bleu et l'autre en rouge, aussi, je n'en jurerais pas.

— D'accord... D'accord... Et après...

— Nous avons parlé un moment...

— Qu'est-ce qu'il a dit ?

— Il m'a demandé dans quelle direction j'allais ?

— Oui ? Ensuite ? (Marion n'en pouvait plus).

— Je lui ai dit que, grosso-modo, je me dirigeais dans cette direction-ci, ce que pour finir je n'ai pas fait, c'est d'ailleurs ce qui m'a fait perdre la mémoire...

— Le message ! éclata Marion. Quel est le message ?

— Ah, oui ! dit le hibou. Il se frappa une nouvelle fois le front. Le message de l'ours. Il faut que je te le restitue exactement. Ses gros yeux roulèrent plusieurs fois sur eux-mêmes comme des billes de loto. Il fouilla intensément sa mémoire. Voilà ! Il retrouvait ses esprits. Ça me revient ! Il est sur la banquise !

— C'est le message ? s'exclama Marion à

moitié folle d'impatience. Il est sur la banquise. C'est ça le message ?

— Oui.

— C'est tout ? Il y a bien autre chose ?

— Oui ! dit le hibou tout excité. Ça y est, tout me revient ! Il est sur la banquise et il reviendra dès la fonte des glaces ! Oui. Voilà ! C'est bien le message tout entier.

Il hocha la tête, content de lui et s'envola.

— Oh, je t'en prie ! Je t'en prie, attends un peu ! supplia Marion. Reviens et raconte-nous tout !

— Je ne peux pas, cria le hibou. Je suis déjà en retard ! Cette histoire ne m'a déjà que trop détourné de ma route.

Il s'éleva dans les cieux.

Marion le suivit longtemps des yeux, comme si elle regardait son propre cœur s'envoler vers l'horizon lointain.

C'était trop. C'en était vraiment trop. Tout lui était rendu. Grâce à ces cadeaux du destin, elle se rendait compte qu'elle n'avait jamais cessé d'espérer. Elle l'avait enfoui tout au fond d'elle-même, elle lui avait rogné les ailes, mais l'espoir ne l'avait jamais vraiment quittée. Elle regarda son cher Gareth, elle en ressentit un bonheur si fort qu'elle se crut sur le point d'exploser, et elle se mit à danser au milieu de la clairière, les ailes largement déployées.

— Qu'y a-t-il, Marion ? demanda Gareth.

Il s'efforça de la suivre clopin-clopant, anxieux de partager son enthousiasme bien qu'il n'eût pas la moindre idée de ce qui arrivait.

— Que se passe-t-il ?

Tout en riant, elle l'entraîna dans la danse, trop exaltée pour lui expliquer quoi que ce soit.

— Tout arrive, Gareth !

Elle le maintint à bout d'ailes afin de mieux le regarder et le fit tournoyer et virevolter et danser et danser...

— Marion, qu'est-ce qu'il y a de si exaltant ?

— Je ne peux pas te le dire Gareth, tu me croirais folle.

Dès cet instant-là, elle sut. Elle sut réellement qu'elle dominait enfin toutes ses convictions et tous ses sentiments, toutes ses espérances et tous ses besoins, toutes ses craintes et tous ses soucis, et qu'ils étaient vraiment devenus des lions.

Cet
ouvrage,
le deux-cent
soixante-dix-septième
de la collection
CASTOR POCHE,
a été achevé d'imprimer
sur les presses de l'imprimerie
Brodard et Taupin
à La Flèche
en janvier
1990

Dépôt légal : Février 1990.
N° d'Édition : 16230. Imprimé en France.
ISBN : 2-08-162111-8
ISSN : 0763-4544